DEUX PIPER VALENT MIEUX QU'UNE

DANS LA MÊME SÉRIE

1. *Le pouvoir des Trois*
2. *Le baiser des ténèbres*
3. *Le sortilège écarlate*
4. *Quand le passé revient*
5. *Rituel vaudou*
6. *Menaces de mort*
7. *Le violon ensorcelé*
8. *Le secret des druides*
9. *La fiancée de Nikos*
10. *La statue maléfique*
11. *La sorcière perdue*
12. *Mauvais esprits*
13. *Le jardin du mal*
14. *Démons sur le Net*
15. *Mauvaises fréquentations*
16. *L'ombre du sphinx*
17. *L'enlèvement des sorciers*
18. *Étranges nuées*
19. *Le reflet du miroir*
20. *Entre deux mondes*
21. *Trahison et conséquences*
22. *Une chance d'enfer*
23. *La sorcellerie en héritage*
24. *Deux Piper valent mieux qu'une*

Charmed™

DEUX PIPER VALENT MIEUX QU'UNE

Une histoire originale de
Emma Harrison
d'après la série télévisée « Charmed »
créée par Constance M. Burge

Fleuve Noir

Titre original :
A Tale of Two Pipers

Traduit de l'américain
par Betty Peltier-Weber

ISBN : 2-265-08001-2
ISSN : 1627-8364

— Je vais me rendre à l'interview et faire un coup de charme au journaliste du *Chronicle*, proposa Piper II.

— Et moi je reste ici pour m'occuper des peintres et des éventuels Etres des Ténèbres qui pointeront leur nez, dit Piper I avec un sourire espiègle. Et ensuite, tu pourrais aller au *P3* pour voir Rinaldo pendant que je prépare les gâteaux !

— C'est parfait ! s'exclama Piper II.

Elles se levèrent toutes deux et se dirigèrent vers l'entrée, mais Piper I s'arrêta et attrapa son double par le bras. Puis elle retira brusquement la main. C'était vraiment bizarre de toucher quelqu'un qui n'était autre que soi-même !

— Attends une minute ! dit-elle. On n'est pas en train d'utiliser la magie à des fins personnelles ?

— Ne t'inquiète pas ! la rassura Piper II. Cela fera de nous une sorcière plus heureuse, plus disponible ! Après tout, c'est pour le bien de tous, non ?

CHAPITRE 1

La lumière éblouissante du matin pénétrait par les fenêtres de la cuisine du Manoir des Halliwell, et venait réchauffer le visage de Piper, chatouillant délicieusement sa peau. Mais pour l'instant, la sorcière restait étrangère aux pouvoirs naturellement stimulants du soleil. Une pile de contrats, de factures et des listes de corvées entouraient sa tasse de café qui refroidissait. Piper était trop débordée pour penser à une chose aussi futile qu'un rayon de soleil. Elle remonta les manches de son T-shirt noir, approcha sa chaise de la table et essaya de réfléchir à un plan d'attaque : dans quel ordre pourrait-elle gérer toutes ces tâches, aussi urgentes les unes que les autres ?

Bon, je peux passer les coups de fil principaux maintenant, ensuite me rendre au supermarché, puis au P3... *mais dans ce cas, je serai en retard pour mon rendez-vous de midi...*

Voyons, une minute... Et si j'allais tout de suite au P3, *puis à mon déjeuner et je passerai mes coups de fil cet après-midi...*

Mais dans ce cas, quand est-ce que je vais pouvoir faire les gâteaux ?

Ah... Au secours...

Quand Phoebe, sa jeune sœur, entra dans la cuisine en fredonnant, Piper laissa échapper un soupir excédé.

— La journée commence bien ? se risqua à demander Phoebe en remarquant l'humeur de sa sœur.

— Je suis en train de devenir folle ! s'exclama Piper.

Phoebe posa une grosse boîte en carton sur l'îlot central de la pièce et mit les mains sur ses hanches étroites, comme si elle s'interrogeait sérieusement sur la question.

— Ça m'en a tout l'air ! Preuve en est que tu travailles un dimanche, à dix heures du matin ! Quel est le problème ?

— Moi ! C'est moi, le problème ! déclara Piper en ramassant le devis des rénovations du night-club d'une main tout en se tenant la tête de l'autre.

Sa longue chevelure châtaine venait caresser la myriade de papiers étalés devant elle. Déjà dix heures ! Cela faisait plus d'une heure qu'elle perdait son temps à imaginer la meilleure utilisation de sa journée.

— J'ai des millions de choses à faire et je ne sais pas où donner de la tête !

— Ce n'est pas nouveau, si ? dit Phoebe en souriant.

Elle alla se servir une tasse de café et revint s'adosser près de sa sœur pour lentement siroter son élixir de Java. Piper considéra un instant sa cadette, s'attardant sur sa jupe fluide d'un rose ravissant, son débardeur blanc et ses boucles folles qui encadraient son visage. Comme elle avait l'air détendue, heureuse et insouciante ! Piper l'enviait. Cela faisait tellement longtemps qu'elle avait perdu toute sérénité !

— Tu as raison. Je me demande pourquoi je m'inflige toujours ça, dit-elle à Phoebe en jetant le devis à travers la table comme un Frisbee.

Le document heurta une pile de papiers qui s'éparpillèrent sur le sol. Super ! Maintenant, elle allait devoir organiser cette pile aussi !

— Que tu t'infliges quoi ? demanda Paige Matthews qui arrivait en sautillant dans la cuisine.

Elle était leur demi-sœur et la plus jeune des trois.

— Un emploi du temps surchargé, dit Piper en se levant.

Elle tourna le dos à la table, aux papiers, et se sentit déjà beaucoup mieux. Peut-être qu'en l'ignorant, son travail disparaîtrait, tout simplement.

Tu parles !

— Oh, c'est parce que tu es Piper ! dit Paige en haussant les épaules. C'est ainsi que tu fonctionnes !

Génial ! pensa Piper. *Voilà qui est réconfortant ! Suis-je donc condamnée à passer tous mes dimanches matin comme celui-ci simplement parce que je suis de nature à me surmener ?*

Paige attira la boîte en carton de Phoebe vers elle pour en inspecter le contenu. En fronçant le nez, elle ramassa un des sachets en tulle entre deux doigts et le renifla comme un chien policier. Son visage afficha un air agréablement surpris.

— Sympa, dit-elle en souriant. C'est du jasmin ?

— Entre autres, répondit fièrement Phoebe. J'ai passé la nuit à y attacher les rubans de satin.

— C'est pour la soirée « Stars en herbe » ? demanda Paige.

— Oui. Ma part de travail est officiellement accomplie.

— Tu es super ! Je te remercie et les futures stars te remercient également, dit Paige. Ces trucs vont faire monter ma cote auprès de Joshua.

Un de ses amis du bureau, un garçon tout à fait craquant nommé Joshua, l'avait embauchée d'office pour l'organisation d'une soirée caritative. Tous les bénéfices devaient financer des fournitures scolaires et des ordinateurs pour les enfants défavorisés. Paige avait aussitôt engagé ses sœurs dans cette aventure.

— Qu'est-ce que c'est ? demanda Piper en triturant à son tour les petits coussins.

— Ce sont des amulettes, des grigris, répondit Phoebe en buvant une gorgée de café. Je n'ai pas mis tous les ingrédients sinon les effets seraient trop puissants, mais ils devraient tout de même apporter un peu de chance à ces gamins.

— Bonne idée ! dit Paige en rangeant le coussinet avec les autres. D'ailleurs, je ne suis pas sûre que ces petits soient capables de gérer une véritable amulette des Charmed.

Étant les trois sorcières les plus puissantes de tous les temps, Piper, Phoebe et Paige devaient se surveiller, même en accomplissant un acte aussi innocent que d'emballer des petits cadeaux. Il suffisait de mettre un peu trop de magie des Charmed dans une amulette porte-bonheur, par exemple, pour déclencher des catastrophes. Au tout début, quand les sœurs venaient de recevoir leurs pouvoirs, il leur arrivait de se laisser entraîner dans des actions risquées ou incontrôlées, qui les mettaient en danger elles-mêmes et les innocents qui les entouraient. Mais dorénavant, elles avaient appris à mesurer leurs actes. Enfin, presque…

— Je n'en reviens pas ! Tu as déjà terminé tout ça ! dit Piper, paniquée en voyant une tâche de plus s'ajouter sur sa longue liste. Je n'ai même pas encore fait les courses !

— Piper ! Inutile de te mettre dans cet état, voyons ! dit Paige. Tu vas finir par me culpabiliser.

— Bon, bon, bon… maugréa Piper en ramassant sa liste pour la relire.

Elle avait accepté de préparer quelques douzaines de muffins et de beignets pour la soirée. Sachant qu'elle aurait des tonnes d'autres choses à faire, elle avait prévu de s'y mettre en tout début de semaine. Il n'était encore que dimanche, mais elle avait déjà l'impression que tout cela se bousculait.

D'abord, le week-end prochain, le *P3* accueillerait un immense défilé pour la collection de printemps du célèbre Rinaldo, créateur de mode de réputation internationale. Cette opération allait drainer une importante clientèle, mais l'organisation de la soirée était devenue un terrible casse-tête pour Piper. Le créateur et son entourage étaient particulièrement exigeants, que ce soit pour l'éclairage, le choix des videurs ou même la marque des eaux minérales !

En plus de cela, elle devait être interviewée par une journaliste du *San Francisco Chronicle* dans le cadre du Prix de la meilleure femme d'affaires de l'année. Et, pour couronner le tout, elle devait diriger son club, nourrir sa famille, s'occuper de son mari et… combattre quelques démons.

Le travail d'une Charmed n'est jamais terminé !

— Allez, nous partons faire du shopping ! annonça gaiement Paige en attrapant son sac.

Rectification : le travail de *certaines* Charmed n'est jamais terminé.

— Quoi ? Vous allez faire les boutiques, les filles ? demanda Piper.

— Oui, il me faut un nouveau tailleur pour la réunion avec notre agence de publicité, mercredi ! annonça Phoebe en accrochant son sac de paille tressée à l'épaule.

Depuis que la rubrique conseil de Phoebe avait le vent en poupe, les chargés de communication de son journal cherchaient un moyen de développer l'image de son auteur. Cette semaine, ils devaient présenter leur stratégie à Phoebe et à Elise, sa rédactrice en chef.

— Et moi j'ai plein de courses à faire ! ajouta Paige.

— Et moi qui espérais que vous alliez me donner un coup de main ! s'affola Piper. Et que faites-vous de la solidarité entre sœurs ?

— Et si tu nous accompagnais ? suggéra Phoebe en versant le reste de café dans l'évier. Quelques instants de détente te feront le plus grand bien. Ensuite, tu y verras plus clair.

— Tu sais comme moi que le shopping est le meilleur remède contre le stress ! renchérit Paige en faisant une moue tentatrice.

— Je ne peux tout de même pas laisser tomber tout ça ! protesta Piper, terriblement tentée d'accepter leur offre.

Rien qu'en voyant tous ces papiers autour d'elle, le découragement la gagnait de nouveau. Et cela faisait si longtemps qu'elle n'avait passé un moment de détente en compagnie de ses sœurs…

— Allez, viens ! Tu sais très bien que tu en meurs d'envie, insista Phoebe en la prenant par la taille.

Avant que Piper puisse répondre, Léo, son mari, entra dans la cuisine, lui prit le visage entre les mains et posa un long baiser sur ses lèvres.

— Bonjour, ma belle.

— Bonjour, toi ! répondit Piper en souriant.

Léo portait un jean, une grande chemise de flanelle à carreaux ouverte sur un T-shirt blanc. Il semblait fin prêt pour attaquer un énorme petit déjeuner. Mais le pauvre ne savait pas ce qui l'attendait !

— Parfait ! dit Piper en le prenant par les épaules. Peut-être que *toi*, tu pourras m'aider.

Il fit une grimace, ce qui annonçait généralement qu'il allait laisser tomber Piper.

— Quoi ? Comment ça ? bafouilla-t-elle.

— Il y a une chose qu'il faut que je vous dise, les filles. Mais rien de méchant, ajouta-t-il rapidement en voyant leurs visages inquiets. Il y a des changements au niveau des postes de pouvoir, là-haut, annonça-t-il. Et il va y avoir beaucoup de réunions auxquelles je dois assister. Il se peut que je ne puisse pas intervenir immédiatement si vous m'appelez à l'aide.

Piper laissa échapper un long soupir déçu. Quand elle avait épousé un Etre de Lumière, elle savait à quoi elle s'engageait. En tant qu'ange gardien de plusieurs sorcières, il avait des responsabilités en plus de celles qu'il assumait auprès des Anciens qui géraient l'Univers Surnaturel du Bien. Mais cela n'empêchait pas Piper de se sentir délaissée quand il disparaissait soudain pour aider quelqu'un d'autre ou pour se rendre auprès des Anciens.

Surtout quand elle était, comme aujourd'hui, au bout du rouleau !

— Et tout cela se passe en ce moment ? demanda Piper.

— Bientôt. Ils vont tous nous appeler quand ils seront prêts à commencer, leur dit Léo.

— Minute, papillon ! intervint Phoebe, inquiète. Si tu ne peux pas intervenir immédiatement quand nous t'appelons, que se passera-t-il si quelqu'un est en difficulté ?

— Je serai en mesure de le ressentir et je suis certain qu'ils m'autoriseront à venir si c'est vraiment urgent, les rassura Léo.

— Donc, s'ils t'appellent quand ils seront prêts, il

te reste quelques minutes pour me donner un coup de main, en attendant, pas vrai ? Si tu pouvais juste faire un saut jusqu'au supermarché, alors je pourrais…

Mais quand elle se retourna, Léo levait les yeux vers le plafond en affichant une expression sérieuse. Et voilà ! On l'appelait déjà !

— Désolé, ma chérie, annonça-t-il tristement. Il faut que j'y aille.

Il se pencha pour l'embrasser et se téléporta.

— Oh, non ! maugréa Piper en se laissant tomber sur sa chaise. Et moi qui avais tellement besoin d'aide !

— Mais viens avec nous, Piper ! insista Paige en faisant tinter les clés de la voiture devant elle. Je suis sûre que tu as besoin d'une nouvelle paire de chaussures !

— Allez ! Viens t'amuser un peu avec nous ! renchérit Phoebe.

M'amuser ? pensa Piper. *Je ne sais même plus ce que ça veut dire !*

Elle jeta un coup d'œil à tous ces papiers qui recouvraient la table et une partie du sol et se demanda si ce serait vraiment une catastrophe si elle prenait une journée de repos. Une toute petite journée de rien du tout. Ensuite, elle reviendrait, pleine d'énergie et l'esprit clair, prête à tout résoudre avec une efficacité renouvelée. Il lui faudrait bien sûr passer quelques coups de fil… annuler quelques rendez-vous…

— Oh, je sens qu'elle va se laisser tenter, dit Phoebe à l'intention de Paige en riant. Je peux le voir sur son visage.

Piper allait ouvrir la bouche pour confirmer ces dires quand la sonnette de l'entrée retentit. Les trois sœurs s'interrogèrent du regard. Elles n'attendaient personne.

— Si c'est un démon ou un sorcier, je vais piquer une crise ! maugréa Piper en se levant.

Ses sœurs sur les talons, elle traversa le salon et ouvrit la porte. Trois hommes costauds en combinaisons blanches maculées de peinture se tenaient devant elles, les bras chargés de pots de peinture, de pinceaux et d'une grande échelle.

— Vous avez passé une commande pour repeindre une salle à manger ? demanda le premier en consultant son bloc-notes.

Il mâcha un instant son chewing-gum, puis fit une grosse bulle.

— Et vous venez aujourd'hui ? Un dimanche ? s'écria Piper en s'accrochant à la poignée de la porte.

— Ouais, répondit le peintre en faisant éclater la bulle avant de passer devant elle.

Les deux autres types le suivirent sans un mot. Phoebe et Paige reculèrent pour ne pas se faire renverser par l'échelle qu'ils emportaient dans le séjour. Le responsable s'attarda un instant dans l'entrée.

— Cela fait deux semaines que vous repoussez ce rendez-vous et là vous débarquez sans même passer un *coup de fil* ? demanda Piper en refermant la porte.

— Ouais, répondit-il encore.

— *Un dimanche ?*

— La salle à manger est par là ! annonça l'un des ouvriers par la porte.

Piper considéra ses sœurs d'un air perplexe tandis que les hommes commençaient à poser des toiles de protection sur le sol.

— Il est hors de question que je paie le moindre

supplément parce qu'ils travaillent un jour férié ! maugréa Piper.

— Pourquoi ne leur dis-tu pas simplement de revenir demain ? demanda Paige.

— Parce que si je fais ça, je ne sais pas quand on les reverra. Ils devaient venir il y a deux semaines !

— Bon… Et maintenant ? demanda Phoebe.

— Eh bien, je crois que je suis coincée ici, répondit Piper en haussant les épaules d'un air résigné. Il faut que je sois là pour m'assurer qu'ils savent ce qu'ils ont à faire.

— Alors nous y allons, annonça Phoebe. On reviendra le plus rapidement possible.

— Oui, on va expédier ces courses en coup de vent et ensuite on t'accorde tout notre après-midi, ajouta Paige.

— Merci, les filles ! Amusez-vous bien !

Une fois la porte refermée sur ses sœurs, elle leva les yeux au ciel et s'efforça de rester calme. Au moins, les choses avançaient. Le fait que les peintres se décommandaient sans arrêt commençait à la préoccuper. Ainsi, au moins, elle allait pouvoir rayer cette corvée de son interminable liste.

Tu as raison, ma fille ! pensa-t-elle. *Il faut toujours voir le bon côté des choses.*

Contournant les pots de peinture, Piper décida de jeter un coup d'œil à ses provisions tout en surveillant les peintres. Après une inspection des fonds de placards, peut-être n'aurait-elle plus besoin de faire autant de courses que prévu. Elle entra dans la cuisine et ouvrit en grand les portes des placards où elle stockait les ingrédients nécessaires à la pâtisserie : farine, sucre, levure chimique, etc.

— Vous voulez qu'on peigne toute la salle à

manger en bleu ? cria l'un des peintres de l'autre pièce tandis qu'elle s'apprêtait à sortir les fines herbes.

— En bleu ? demanda-t-elle en se retournant, les bras chargés de paquets et de flacons. Qui a parlé de bleu ? C'est couleur sable qui est prévu ici.

À cet instant, elle vit le chef d'équipe balayer de sa main tous les papiers qui jonchaient la table pour y poser son pot de peinture. Le visage de Piper tourna au cramoisi.

— Hé ! Mais qu'est-ce que vous faites ? J'avais tout classé !

Elle s'apprêtait à poser ses divers petits paquets sur le plan de travail pour l'en empêcher, voire même le figer, quand l'un des ouvriers la cogna au coude en passant avec des chaises pour les empiler dans la cuisine. Piper essaya de retrouver son équilibre, mais la moitié de ses flacons d'herbes et d'épices lui échappa pour aller atterrir dans la boîte de grigris confectionnés par Phoebe. Les mains chargées, elle ne put même pas figer les herbes qui se répandirent absolument partout.

— Désolé, se contenta de dire le peintre.

— Génial ! lança Piper en jetant le reste sur le comptoir de la cuisine. C'est tout simplement génial !

Les grigris que Phoebe avait enveloppés avec tant d'attention étaient couverts d'aiguilles de romarin et de miettes de sarriette. Sa sœur allait piquer une crise de nerfs !

— Hé, ma p'tite dame. Qu'est-ce que j'fais de tout ce bazar ? demanda le peintre en chef en montrant les feuilles complètement éparpillées.

À la vue de ce désastre, l'estomac de Piper se noua.

— Bon, ça suffit ! dit-elle.

Elle leva les mains et figea toutes les pièces, arrêtant l'un des peintres au milieu de son échelle, l'autre en train d'essayer d'ouvrir le pot de couleur Océan Pacifique et le troisième la bouche grande ouverte, offrant le spectacle peu ragoûtant d'une dentition mal entretenue.

Prenant une profonde inspiration, Piper tenta de retrouver son calme, mais sans grand succès. Son cœur n'était plus qu'une pompe à stress qui envoyait de l'anxiété à travers ses veines à chaque battement.

Comment allait-elle réussir à se faire écouter des peintres, se rendre au rendez-vous avec les stylistes au *P3*, et assurer en plus l'interview du *Chronicle*, sans parler des courses à faire et tous ces gâteaux à préparer ?

Piper attrapa la caisse des amulettes de vœux fabriquées par Phoebe.

— Si seulement on était deux Piper ! grommela-t-elle, plutôt furieuse.

Elle s'imagina au centre commercial avec ses sœurs, en train d'essayer plein de vêtements en faisant les folles dans les boutiques. On pouvait toujours rêver... cela ne risquait pas d'arriver.

Piper défigea finalement les pièces et se dirigea vers la table pour prendre les papiers étalés devant le peintre en chef. Puis elle arracha le tournevis des mains de l'ouvrier et s'en servit pour ouvrir le couvercle du pot de peinture.

— Pas de bleu ! Vous m'avez compris ? dit-elle. J'ai commandé une salle à manger couleur sable et ce sera sable !

— Bien, comme vous voudrez, ma p'tite dame ! dit le type en levant la main en signe de reddition.

Piper posa le pot de peinture dans l'évier, attrapa son sac et sortit de la cuisine, les papiers coincés sous le bras. Il fallait qu'elle file au *P3* et devait donc laisser les peintres se débrouiller tout seuls.

Mais si je rentre et que la salle à manger est d'une autre couleur que sable, pensa-t-elle en se dirigeant vers la voiture, *je ne réponds plus de mes actes*.

Léo était installé dans un fauteuil aussi confortable qu'un nuage dans la Grande Salle des Anciens. Il se sentait assez fier. Il participait en effet à l'un des événements d'une importance primordiale dans le royaume de la bonne magie et il pouvait sentir une forte excitation vibrer dans l'air chaud qui les entourait. La Salle du Conseil, dont on ne se servait que pour les réunions touchant au surnaturel, était de forme octogonale, entourée de murs ciselés et éclairée par des feux follets blancs qui scintillaient au plafond. De nombreuses rangées de sièges formaient des demi-cercles autour d'une espèce de scène centrale en marbre où se déroulaient les débats. Les Etres de Lumière étaient installés par ordre d'ancienneté, les plus anciens étant en bas, le plus près de la scène. Léo se trouvait presque tout en haut, parmi les dernières rangées. Il portait sa cape blanche à capuchon, l'uniforme obligatoire des nouvelles recrues parmi les Etres de Lumière.

Sur la scène, Mariah, l'une des Sages les plus anciennes, expliquait les responsabilités qui incomberaient au nouveau poste qu'elle et ses adeptes aimeraient voir créé. Shamus, l'Ancien responsable des novices, était quelque peu débordé par l'arrivée de plus en plus massive de novices. Il était chargé de la transition de leur statut de mortel à celui d'immortel, de leur adaptation psychologique et de leur formation pratique. Des tâches bien trop lourdes pour une seule personne.

Belle femme d'origine africaine, Mariah dégageait une aura puissante. Elle avait eu un rôle important sur Terre où elle avait milité pour les droits civiques des Noirs et savait tenir son auditoire en haleine. C'était sans doute pour cela qu'elle avait été choisie pour présenter ce projet. Léo écoutait avec beaucoup d'attention. C'était la première fois qu'il était impliqué dans une élection de cette importance et il voulait être certain de faire le bon choix le moment venu.

Soudain, on vit quelqu'un accourir vers Mariah. Tous les regards se tournèrent vers l'intrus. Un murmure courut de rangée en rangée, jusqu'à celles qui se trouvaient tout en haut de l'hémicycle.

Un novice osait interrompre un Ancien durant un discours ? C'était du jamais vu ! Une chose pareille était tout simplement impensable.

Léo et les Etres de Lumière assis à côté de lui étaient profondément choqués.

— Que se passe-t-il ? chuchota un de ses voisins.

— Je n'en ai pas la moindre idée, répondit Léo, à la fois anxieux et curieux d'en savoir plus.

Mariah s'était arrêtée de parler au beau milieu d'une phrase et se penchait pour tendre l'oreille vers le messager. Son visage prit un air inquiet au fur et à mesure qu'il lui parlait. Elle se redressa, posa une main rassurante sur l'épaule du messager, puis attendit qu'il soit sorti de la salle avant de lever les yeux vers son auditoire.

— Chers amis, Anciens et Etres de Lumière, commença-t-elle. J'ai des nouvelles très graves. On dirait que les Etres des Ténèbres se regroupent.

Un autre murmure inquiet courut dans la salle, cette

fois plus fort que le précédent. Les Etres des Ténèbres étaient les seules créatures assez puissantes pour tuer les Etres de Lumière, et ils le faisaient de manière très insidieuse, utilisant des flèches empoisonnées pour provoquer une mort lente et douloureuse.

L'idée qu'ils puissent se regrouper déclencha un vent de panique dans l'hémicycle. D'ordinaire, les Etres des Ténèbres vivaient en solitaire, avec pour seul plaisir celui de tuer. Ils ne s'entraidaient absolument pas, et cela depuis des siècles, depuis que leur chef, Malagon, avait été banni par La Source. Privés de leur meneur, les Etres des Ténèbres n'avaient plus été qu'une bande dissolue de renégats sans foi ni loi.

— J'aimerais que tout le monde garde son calme, dit Mariah en levant la main pour faire taire les clameurs. S'ils projettent une bataille, ils ont mal choisi leur moment ! Après tout, nous sommes tous rassemblés ici et, si nous sommes tous ici, nous sommes tous en sécurité. Ce royaume, comme vous le savez, ne peut être ni pénétré ni attaqué par les Etres des Ténèbres. Mais une fois que ces réunions seront terminées et que vous retournerez sur Terre, je veux que vous restiez tous sur vos gardes. Si vous en voyez un, informez-nous-en immédiatement.

Elle laissa courir son regard sur la foule.

— Quel que soit leur objectif, ils ne s'en tireront pas comme ça ! ajouta-t-elle avec fermeté.

— Paige, murmura Léo quand Mariah reprit son discours là où elle l'avait interrompu.

Toutes les cellules de son corps se crispaient de terreur.

— Paige… Elle n'est pas là et elle est à moitié Etre de Lumière. Et si leur objectif n'était pas de nous attaquer mais de s'en prendre aux Charmed ? dit Léo à ses voisins, toujours en chuchotant.

Les Etres des Ténèbres n'avaient aucun intérêt particulier à briser le Pouvoir des Trois. Ils étaient les ennemis jurés des Etres de Lumière, mais pas des sorcières. Cependant, ils ne s'étaient encore jamais regroupés ainsi. Quelque chose, dans cette histoire, glaçait Léo jusqu'à la moelle. Il avait du mal à ne pas se tortiller dans le fauteuil qui lui avait semblé encore si accueillant quelques instants plus tôt. Il fallait qu'il parte d'ici, qu'il entre en contact avec Paige et trouve un moyen de la mettre en sécurité avant qu'il ne soit trop tard !

CHAPITRE 2

Dès que la réunion du Grand Conseil s'interrompit pour une première pause, Léo se précipita vers les Anciens, bousculant un Etre de Lumière pour arriver jusqu'à eux. Il se fraya un chemin vers un groupe de trois Anciens qui chuchotaient entre eux et remarqua que Shia, l'un de ses mentors préférés, se trouvait parmi eux. Ne voulant pas interrompre leur conversation, Léo s'éloigna un peu et s'éclaircit la gorge.

— Léo ! s'écria Shia en souriant dès qu'il aperçut son jeune ami. Que pouvons-nous faire pour toi ?

— C'est à propos des Etres des Ténèbres, dit Léo en parlant à voix basse.

Mais son ton préoccupé attira tout de même l'attention de quelques autres Anciens qui se trouvaient à côté et qui le considéraient avec inquiétude.

— Oui, une sale affaire, dit Shia en secouant la tête. Ne t'inquiète pas, Léo. On verra bien ce qui arrivera. Comme l'a dit Mariah, nous sommes en sécurité, ici.

— Oui, mais nous ne sommes pas tous là ! Paige Matthews est un demi-Etre de Lumière, tu te rappelles ?

— Paige Matthews… Ah, oui, la cadette des Charmed, dit Shia avec un sourire nostalgique comme s'il se souvenait avec plaisir des nombreux exploits de Paige.

Léo, très patient de nature, avait du mal à ne pas s'énerver. Il avait oublié combien l'habitude de Shia à toujours voir le bon côté des choses pouvait ralentir certaines conversations.

— J'aimerais qu'on m'accorde l'autorisation de me téléporter vers Paige pour au moins la prévenir qu'elle risque d'être en danger, déclara fermement Léo.

— Je ne vois pas pourquoi elle le serait, répondit Shia.

— Parce qu'elle est un Etre de Lumière et une Charmed. Et si les Etres des Ténèbres avaient l'intention de lui faire du mal d'une manière ou d'une autre, nous pourrions perdre le Pouvoir des Trois à jamais.

Sans parler de la vie de ma belle-sœur, ajouta-t-il en silence.

Soudain, au grand soulagement de Léo, le visage de Shia devint grave. Les conséquences de ce que disait Léo devaient commencer à se préciser dans son esprit. Il chercha Mariah des yeux et quand il la vit tout près de lui, il lui adressa un signe de la main.

— Donne-nous un instant, dit-il à Léo en attirant Mariah à l'écart.

Léo fit un effort et attendit, son pied tapant nerveusement le sol sous sa longue cape. *Je devrais y aller*, pensa-t-il avec défiance. *Tout prend toujours une éternité, ici.* Mais il valait mieux attendre. Au cours de ces dernières années, il s'était suffisamment mis les Anciens à dos en ignorant les ordres et en transgressant les règlements. Il pouvait leur accorder une ou deux minutes pour discuter afin d'éviter qu'ils se fâchent ou qu'ils s'intéressent de trop près aux Charmed.

Mais une ou deux minutes, pas plus.

— Léo, Shia m'a expliqué tes inquiétudes, dit Mariah en s'approchant de lui. Notre réunion ne va pas tarder à reprendre, mais nous allons envoyer l'un de nos novices pour prévenir les Charmed.

— Un des novices ? s'offusqua Léo, ce qui ne manqua pas de provoquer un regard courroucé de Mariah.

Shia toussota et baissa les yeux vers les petits nuages qui virevoltaient sous leurs pieds. Léo sentit ses joues s'empourprer.

— Je suis désolé. Je pensais plutôt m'y rendre moi-même.

— Bien sûr, Léo. Mais nous avons besoin de toi ici et l'un des novices peut très bien se charger du message, dit Mariah en posant la main sur le dos de Léo. Nous allons envoyer Lauren, c'est l'une de nos Etres de Lumière les plus prometteuses. Cela te convient ?

Non, pensa Léo. *Il faut que je voie Paige. Moi seul pourrai lui faire comprendre la réalité du danger.*

Mais sous le regard pénétrant de Mariah, il réussit à se taire. Il ne voulait pas provoquer de difficultés supplémentaires et Mariah avait raison. Lauren se chargerait à merveille de cette mission. C'était la plus assidue de leurs étudiants et elle avait évolué de son état de mortelle avec une grande facilité.

— Oui, dit-il finalement en ravalant sa fierté. Lauren sera parfaite. Merci.

— Merci à toi d'avoir porté ce problème à notre attention, conclut Shia en lui tapotant sur l'épaule.

Il commença à pousser Léo dans la Grande Salle avec les autres Etres de Lumière et les Anciens, mais celui-ci traîna exprès les pieds. Il voulait voir, du coin de l'œil, Mariah s'adresser à Lauren, la meilleure des jeunes novices à qui on allait confier la sécurité de Paige. Il la vit hocher la tête avec assurance, les yeux déterminés. Puis il la regarda se téléporter hors de la pièce.

Surtout, assure-toi qu'elle comprendra la gravité de la situation, souffla-t-il en silence à l'intention de Lauren.

Les Etres des Ténèbres manigançaient quelque chose et Léo ne se sentirait vraiment à l'aise que lorsqu'il verrait toute la famille de nouveau rassemblée.

— Hé ! Mais qu'est-ce que vous faites ? s'écria Piper en traversant la piste de danse du *P3*.

Deux hommes, qu'elle n'avait jamais vus auparavant, étaient debout sur des escabeaux et décrochaient les rideaux de velours violet qui entouraient les alcôves des VIP. La musique faisait trembler les haut-parleurs et le club grouillait de stylistes de mode et de plâtriers. Un assemblage assez incongru de deux univers tout de même très différents. Plus loin, près de la scène, le créateur Rinaldo et son assistante Marsha regardaient défiler quelques mannequins aux jambes interminables sur le rythme des basses qui tambourinaient dans toute la salle. Rinaldo portait ce qui aurait pu passer pour un peignoir pourpre et avait vissé un béret noir sur son crâne chauve. Il éructait des critiques à tue-tête pour se faire entendre malgré la musique.

— Marche comme une fille ! Fais une moue ! Prends un air décidé ! Redresse-toi, ma jolie ! Ce n'est pas un défilé de Cro-Magnon !

Essayant d'ignorer la voix nasillarde qui avait le don de l'énerver, Piper prit des mains d'un ouvrier en combinaison le rideau qu'il s'apprêtait à jeter sur le sol.

— J'ai dit : Qu'est-ce que vous faites ! hurla-t-elle.

— Mon boulot, répondit le type en hurlant à son tour. Qui êtes-vous ?

— Oh, simplement la propriétaire de ces lieux, cria Piper. Vous êtes en train de détruire ma zone VIP.

Deux autres ouvriers rassemblaient les coussins et les oreillers des banquettes aménagées dans les alcôves et les jetaient dans les gros paniers de la buanderie. Les tables cubes en velours violet avaient déjà été enlevées et Piper ne voulait surtout pas savoir où ces types les avaient entassées…

— Hé ! Douglas nous a dit que ces trucs devaient être enlevés, dit l'ouvrier en levant au ciel ses mains calleuses. Alors il vaut mieux voir ça avec lui !

— Douglas ? demanda Piper en pliant le lourd rideau sur son bras. Qui est Douglas ?

— C'est moi !

En entendant, derrière elle, une voix profonde à l'accent anglais, Piper se retourna. Un homme assez grand, vêtu d'un costume à la coupe impeccable, la considérait d'un air hautain. Ses cheveux châtains parfaitement lissés par un brushing, il portait un dossier de cuir dans chaque main. D'un coup d'œil rapide, il la jaugea des pieds à la tête et ne sembla pas particulièrement impressionné.

— Douglas Brittany. Je suis le chargé d'affaires de Rinaldo. Et qui êtes-vous ?

Piper remarqua qu'il possédait un superbe regard d'un vert intense. Quel gâchis sur un type aussi arrogant que lui !

— Piper Halliwell, cria-t-elle pour se faire entendre par-dessus la musique. La propriétaire du *P3* ! Le club dans lequel vous vous tenez actuellement ! Ça vous dit quelque chose ? Et vos ouvriers semblent s'imaginer qu'ils peuvent démolir ma zone VIP !

— Tout ça va devoir être retiré pour dégager de la place, dit Douglas en accompagnant ses paroles d'un regard méprisant, comme si Piper était davantage une nuisance que la propriétaire des lieux. Il faut détruire ces cloisons pour donner une impression d'espace.

— Détruire les cloisons ? Mais vous êtes fou ! Je n'ai jamais autorisé ça ! fulmina Piper.

— En tout cas, il faut le faire.

Pour Douglas, il n'y avait apparemment pas de quoi en faire toute une histoire. Il devait avoir l'habitude de rentrer chez les gens chaque jour, de tout détruire, puis de s'en aller sans le moindre remords.

Piper s'efforça de respirer lentement pour se calmer sinon elle risquait de faire exploser son premier humain.

— Je croyais que les places assises seraient là-bas, près de la scène, cria-t-elle.

Il était impossible de poursuivre une conversation civilisée, la tête de Piper commençait à vibrer au rythme de la techno. Dans sa cabine, Carlita, la nouvelle disc-jockey à qui on avait demandé de venir pour préparer les défilés, dansait comme une sauvage, un casque rivé sur sa tignasse rose.

— On peut arrêter ça, s'il te plaît ? s'égosilla Piper.

En proie à une violente migraine, elle avait l'impression que sa tête allait exploser.

Carlita hocha la tête et lui fit un signe du pouce avant de couper court au rythme infernal. L'absence de musique donna plus d'importance au bruit des coups de marteaux et des scies électriques près de la scène, mais la différence était néanmoins un régal pour les oreilles de Piper. Elle soupira, les tympans soulagés. Au moins une personne, dans cet endroit, lui obéissait. Bien sûr, l'absence soudaine de musique électronique attira l'attention de Rinaldo qui se tourna vers elle d'un air irrité. Piper se demanda si le créateur écoutait ce genre de truc vingt-quatre heures sur vingt-quatre, sept jours sur sept. Mais cela le regardait, après tout ! Pour l'instant, elle avait affaire à M. Brit-Snob.

— Il est impossible d'installer tout le monde là-bas, dit Douglas. Avez-vous une idée du nombre de personnes que le défilé de Rinaldo va faire venir ici ?

Pouvez-vous être encore plus condescendant que ça ? se demanda Piper.

Elle posa le lourd rideau sur le bar et tira sur sa veste, remontant le menton avec défi pour faire comprendre à Douglas qu'elle n'était pas impressionnée. De toute évidence, il avait l'habitude qu'on courbe l'échine devant lui. C'était mal connaître les Charmed.

En tout cas, plus maintenant. À une certaine époque, quand Piper commençait à travailler dans le milieu de la restauration, elle avait eu du mal à se faire entendre. Mais cela avait changé !

— Je suis sûre que les spectacles de Rinaldo attirent beaucoup, beaucoup de personnes, et c'est bien pour cette raison que j'ai accepté que cela se déroule ici. Mais mon club peut accueillir beaucoup, beaucoup de personnes, et il est hors de question que vous démolissiez mes alcôves VIP !

— Il y a un problème, ici ? demanda Rinaldo en arrivant, suivi de son assistante et de quelques autres groupies. Piper ! Quel plaisir de te voir !

Il embrassa l'air à côté des joues de Piper tandis qu'une nuée toxique de son eau de toilette maison envahissait ses poumons et faillit la faire étouffer. Les boutiques avaient retiré cette infection de leurs rayons depuis longtemps, mais Rinaldo continuait à la porter.

Rappelle-toi de retenir ta respiration près de Rinaldo, pensa Piper.

— Non, non, il n'y a pas de problème, répondit Douglas d'un air hautain.

— Si, il y a un problème ! intervint Piper. J'ai déjà accepté d'ajouter une extension à la scène pour le défilé et de mettre un éclairage plus doux de ce côté-là, mais je n'ai jamais dit que vous pouviez démolir la zone VIP.

— Écoute, Piper, nous allons de toute façon être obligés de tout retirer pour poser le nouveau revêtement au sol, dit Marsha en se joignant à la conversation.

— Un nouveau revêtement de sol ? s'offusqua Piper.

Pour qui ces gens se prenaient-ils ?

— Tu ne t'imagines tout de même pas que je vais inviter mes amis et mes collègues à marcher sur *ça* ? dit Rinaldo en grimaçant devant le sol effectivement un peu *fatigué.*

Il y avait quelques taches, des marques d'usure et de nombreux chewing-gums collés, et même les produits industriels les plus puissants ne parvenaient pas à les désincruster. Rinaldo considérait d'un air horrifié toutes ces souillures abjectes et indignes de son spectacle.

— C'est une discothèque, lui rappela Piper. Le sol est là pour qu'on y marche, qu'on y danse et parfois il arrive de petits accidents. C'est fait pour ça.

— Écoutez, Piper, je suis sûr que vous savez ce que vous faites, intervint Douglas avec un sourire sardonique. Mais nous aussi nous connaissons notre boulot. Dans son état actuel, cet endroit est totalement inadéquat.

Le visage de Piper vira au rouge vif, tant elle était furieuse.

— Alors vous devriez peut-être trouver un autre endroit ! Un endroit *adéquat* !

Il était hors de question qu'elle reste là, à les écouter insulter son club. Surtout quand elle avait des millions d'autres choses à faire. Des choses utiles. Elle attrapa son sac et tourna les talons, prête à sortir, mais à mi-chemin elle se rendit compte que c'était à eux de partir. C'était eux les intrus, eux qui l'insultaient et envahissaient *son* club. Piper s'apprêtait à revenir sur ses pas pour le leur expliquer quand Marsha arriva à sa rencontre, les boucles rousses sautillant autour de son visage tandis qu'elle tentait de courir sur les talons aiguilles de ses bottes en croco.

— Écoute, Piper. Rinaldo veut vraiment faire son spectacle ici, expliqua Marsha en posant la main sur le bras de Piper pour l'apaiser. (Ses longs ongles rouges brillaient sous les feux des projecteurs.) N'y a-t-il pas moyen de trouver un compromis ?

La lumière d'un flash attira l'attention de Piper. Sur la scène, un groupe de mannequins superbes posait pour un photographe pendant qu'une couturière terminait l'ourlet d'une fille aux mensurations de pin-up. D'autres accrochaient des tenues sexy à des cintres tout en prenant des notes sur leurs cahiers. Piper soupira, se souvenant pourquoi elle avait accepté de faire cela. Les mannequins allaient attirer la clientèle masculine et les vêtements la clientèle féminine. Et tout ce petit monde achèterait des boissons à son bar. C'était excellent pour les affaires, mais ce n'était pas une raison pour qu'elle les autorise à démolir n'importe quoi.

— Nous pouvons trouver un compromis pour le sol, mais je ne veux pas que vous démontiez ma zone VIP.

— Bien, ma chérie, répondit Marsha avec un petit rire nerveux. Je suis sûre que ce sera très bien.

C'était tellement étrange… Tous ces gens, qu'elle ne connaissait pas une semaine plus tôt, se comportaient comme s'ils étaient ses meilleurs amis. En se dirigeant vers les autres, Marsha passa son bras sous celui de Piper.

— As-tu déjà envisagé une carrière de mannequin ? demanda-t-elle. Je parie que tu pourrais demander à Rinaldo de te faire participer au défilé… si tu voulais bien réfléchir…

— Certainement pas ! répondit Piper en secouant la tête avec énergie.

Non seulement se sentirait-elle comme la lie des mannequins avec son mètre soixante, mais il était hors de question qu'elle aille s'exhiber devant des centaines de personnes. C'était pire que l'enfer !

— Mais la nouvelle collection de Rinaldo serait superbe, sur toi, tenta encore Marsha, la voix dégoulinant de miel.

— C'est gentil d'avoir essayé, mais ce n'est pas avec ça que vous allez me faire craquer.

Elle se dirigea d'un air décidé vers le bar, ramassa le rideau et le tendit à l'ouvrier qui se tenait toujours sur son escabeau.

— Vous allez me remettre ça, dit-elle.

Puis elle se tourna vers Douglas.

— Et vous, vous allez me faire des devis pour le sol et on en reparlera plus tard.

Il eut l'air indigné.

— Je n'ai pas d'ordre à recevoir de…

— Oh, Piper ! Je suis tellement content ! dit Rinaldo en interrompant Douglas pour de nouveau embrasser l'air autour du visage de Piper.

Cette fois, cependant, elle se souvint de ne pas inspirer.

— Je suis certain qu'on va trouver une solution, continua-t-il en jetant un regard autoritaire vers Douglas.

— Tout à fait d'accord, répondit Piper avec un sourire forcé. Maintenant, je dois m'occuper d'autre chose, mais je repasserai cet après-midi.

— Fabuleux ! On te verra cet après-midi, alors ! rétorqua Rinaldo avec un petit signe des doigts.

Piper n'était pas encore arrivée à l'escalier que la musique recommençait, faisant trembler le sol sous ses pas.

Une fois sortie à l'air frais, Piper se sentait assez bien d'avoir remis Douglas à sa place et un peu d'ordre dans ce capharnaüm. En plus, elle avait fait un saut au *P3*, une tâche qu'elle pouvait rayer de son interminable liste. Peut-être restait-il un petit espoir pour que cette journée se termine dans les temps.

— Crois-tu que nous devrions appeler Piper ? demanda Paige qui se tenait devant la cabine d'essayage où s'était enfermée Phoebe.

— Pourquoi ? demanda Phoebe en enfilant une jupe grise.

Elle commençait à en avoir assez d'essayer toutes ces tenues dont aucune ne lui plaisait !

— Je ne sais pas. Elle était un peu stressée, ce matin. Je suis inquiète à son sujet.

— Oh, tu sais, c'est du Piper tout craché ! S'il y a quelqu'un qui peut gérer tout ça, c'est bien elle !

— C'est possible. Mais ce serait tout de même mieux si elle pouvait lever le pied de temps en temps et se détendre. Boulot, boulot… et jamais une minute pour respirer, tu comprends ?

— Je suis d'accord avec toi, dit Phoebe en enfilant la veste du tailleur. Cela sera peut-être possible après le défilé de mode.

— Oui, peut-être. Je vais faire un petit tour dans la boutique.

— D'accord !

Phoebe posa devant le miroir à trois volets, essayant de trouver au moins un angle acceptable, mais en vain. Le gris souris n'était vraiment pas une couleur pour Phoebe Halliwell ! Était-elle donc la seule femme au monde à vouloir être un peu coquette sur son lieu de travail ? Un jour normal, Phoebe portait ce qu'elle voulait, des couleurs toniques et des coupes qui attiraient souvent les regards au bureau. Mais Elise lui avait demandé de faire un effort pour ce rendez-vous avec le Service de Communication, ce qu'elle n'aurait pas fait si cela n'avait pas été important. Phoebe était donc plus ou moins coincée.

— Très bien, elle a dit de faire un effort, pas de m'habiller comme pour un enterrement, murmura Phoebe en retirant la veste qu'elle raccrocha sur le cintre.

Il devait y avoir un juste milieu, non ?

— Phoebe, il faut que tu essaies ça ! dit Paige de l'extérieur de la cabine.

Une superbe robe rouge décolletée apparut par-dessus le rideau et Phoebe, qui se tortillait pour s'extraire de la jupe droite, s'arrêta. Cette robe était une merveille !

— Ooooh ! Je l'adore ! s'écria Phoebe en laissant tomber la jupe à ses pieds.

— Essaie-la !

Phoebe tint la robe devant elle et admira son reflet dans le miroir. Ce rouge s'accordait parfaitement à son teint ! Voilà une tenue parfaite pour Phoebe Halliwell !

— Paige, je ne suis pas sûre qu'Elise serait ravie de

me voir arriver à la réunion dans cette robe, dit Phoebe en l'enfilant tout de même.

Elle plaça les fines bretelles sur ses épaules et se déhancha devant le miroir.

— Ouah ! Supersexy !

— Je peux voir ?

Phoebe tira le rideau et mit les mains sur ses hanches en se donnant un air de vamp. Un garçon, qui faisait des courses avec sa petite amie à l'autre bout de la boutique, faillit tomber à la renverse.

Phoebe éclata de rire sans pouvoir détacher les yeux du miroir. Elle se trouvait absolument irrésistible !

— Il te faut cette robe, dit Paige.

— Je suis tout à fait de ton avis, répondit Phoebe en vérifiant le prix sur l'étiquette. Hum ! Elle coûte trois mois de salaire et je n'aurai pas l'occasion de la porter… mais je pense en effet qu'il me la faut.

Le portable de Paige sonna et Phoebe virevolta devant la glace. Cette robe lui allait comme un gant. Cependant, elle nécessiterait l'achat d'une nouvelle paire de chaussures…

— Hé ! Piper ! dit Paige au téléphone. Comment ça se passe ?

Phoebe surveilla le visage de sa sœur, espérant qu'elle ne ferait pas les grimaces qui annoncent généralement les mauvaises nouvelles. Au lieu de cela, le visage de Paige s'illumina.

— Tu es là ? demanda celle-ci en jetant un coup d'œil à Phoebe. Oui ! On fait toujours des courses. On est chez Heartly, pour l'instant. D'accord… Super !

Paige replia son téléphone et le mit dans son sac.

— Piper arrive ! annonça-t-elle.

— Tu plaisantes ! s'exclama Phoebe, impressionnée. Quelle rebelle !

— Je sais ! répondit Paige en s'adossant à une pile de chemisiers. Mais tu ferais tout de même mieux de retirer cette robe. Elle risque de nous tuer si elle voit que nous perdons notre temps comme ça ! Je parie qu'elle nous enverra directement au supermarché, sans passer par la case départ et sans gagner de jolies robes rouges.

— Tu as raison, dit Phoebe en entrant dans le havre de paix de la cabine d'essayage.

Mais il était déjà trop tard.

— Phoebe ! cria Piper de l'autre bout de la boutique.

— Ça, c'était rapide ! souffla Paige, se préparant déjà à devoir subir un cours de morale.

Mais, à la grande surprise de Paige, le visage de Piper affichait une expression de pur ravissement et non pas de réprobation.

— Où as-tu trouvé cette robe ? demanda Piper en inspectant Phoebe de la tête aux pieds.

Phoebe se tourna vers Paige, embarrassée.

— Hum… c'est Paige qui l'a trouvée pour moi, répondit-elle en essayant de dévier le blâme.

— Oh ! Mais il faut que je l'essaie ! dit Piper en touchant le tissu soyeux. Léo va adorer !

— Tu veux essayer *ça* ? demanda Phoebe en se disant que sa sœur avait dû tomber sur la tête.

Sa sœur n'était pas du genre à étaler ses charmes. Non pas parce qu'elle en manquait, bien au contraire, mais ce n'était pas son truc, de s'exhiber.

— Oui ! Entre vite pour la retirer ! dit Piper en poussant Phoebe dans la cabine.

Mais Phoebe refusait d'avancer, interrogeant Paige du regard.

— Quoi ? demanda Piper. C'est vous qui m'avez dit que je devais commencer à m'amuser, non ?

Elle prit une minirobe noire à sequins d'un portant et s'installa dans la cabine à côté de celle de Phoebe.

— Allez ! On va s'amuser un peu ! s'excita-t-elle en claquant la porte derrière elle.

Phoebe éclata de rire, surprise mais heureuse de voir sa sœur aussi détendue. Elle se demandait ce que cela cachait, mais n'allait pas poser la question. Autant en profiter tant que cela durerait.

— Je vais chercher d'autres robes, annonça Paige en haussant les épaules.

— Et moi j'ôte vite celle-ci ! ajouta Phoebe.

D'ailleurs, pensa-t-elle, *si cette robe nous va à toutes les trois, ce serait une bonne idée de se la prêter et de se cotiser pour l'acheter à trois.*

— Prends-moi un truc violet ! cria Piper. J'adore le violet !

Phoebe sourit à son reflet dans la glace en retirant la robe rouge avant de la passer à Piper par-dessus la cloison. Sa sœur avait-elle une crise de nerfs ou lâchait-elle un peu de vapeur ? Peu importait, elle trouvait cette nouvelle attitude très agréable ! La dernière fois que Piper avait un peu levé le pied et s'était amusée remontait à… eh bien… Phoebe ne s'en souvenait même plus.

Quelques minutes plus tard, une pile de cintres avec des robes en tout genre apparut au-dessus de la porte de la cabine de Phoebe. Elle les accrocha sur sa droite, couvrant tous les tailleurs qu'elle avait déjà essayés.

À cet instant, Piper avait dû enfiler la robe rouge car elle hurla :

— Elle est supeeeerbe !

— Je m'en suis pris quelques-unes pour moi aussi ! annonça Paige en s'enfermant dans la cabine voisine.

Phoebe enfila une robe vert émeraude, coupée en biais et attendit en faisant virevolter le bas évasé.

— Tout le monde est prêt ? dit-elle quelques minutes plus tard.

— Moi, oui ! répondit Piper d'une voix aiguë, particulièrement agitée.

— Moi aussi ! dit Paige.

— D'accord ! Je compte jusqu'à trois et on sort, dit Phoebe en ricanant. Une, deux et trois !

Que le spectacle commence !

— Je n'en reviens toujours pas que tu aies acheté cette veste, dit Paige en souriant à Piper, s'effaçant pour la laisser entrer la première dans le Manoir. Ça ne te ressemble tellement pas !

Paige venait juste de vivre sa première fièvre acheteuse en compagnie de ses sœurs et se sentait un peu étourdie par toute cette histoire. Elles avaient passé une heure à essayer des tenues, sachant pertinemment qu'elles ne les porteraient jamais, à prendre des poses, à rire comme des adolescentes, agaçant au plus haut point les vendeuses. Enfant, Paige n'avait jamais eu de sœurs avec qui partager de telles aventures et maintenant elle avait l'impression de rattraper le temps perdu. Même si elle n'avait rien acheté, se contentant seulement de s'amuser avec ses sœurs…

— Quoi ? Ça ne me va pas ? demanda Piper en se postant devant le miroir.

Elle caressa sensuellement le cuir doux de la veste crème et repoussa ses cheveux en arrière en admirant son reflet dans la glace.

— La couleur est très belle et la coupe te va à merveille. Mais avoue que ce n'est pas très pratique. Cela ne ressemble pas à la Piper qu'on connaît, expliquait Paige quand Phoebe entra avec tous ses sacs de courses. Une goutte de n'importe quoi et cette veste est fichue !

— C'est pour cette raison que tu ne me l'emprunteras jamais, dit Piper avec une touche de sarcasme.

— Ha, ha ! fit Paige en retirant son manteau.

— Mais elle n'a pas tort, Piper, ajouta Phoebe en désignant la nouvelle acquisition. N'as-tu pas peur de te créer des soucis supplémentaires avec cette veste hypersexy et hyperfragile ?

En prononçant le mot *sexy*, elle adressa une moue très sensuelle au miroir et Paige éclata de rire.

— Ça m'est égal, dit Piper. Pour une fois dans ma vie j'ai choisi le futile avant l'utile !

— Tu as parfaitement raison ! dit Phoebe en laissant tomber ses sacs au pied de l'escalier avant de s'étirer. Et maintenant, les filles ? Qu'est-ce qu'on fait ? Je meurs de faim !

Paige allait suggérer de passer une commande à la pizzeria quand la poignée de la porte d'entrée se mit à tourner. Il y avait quelqu'un de l'autre côté de la fenêtre opaque. Jetant un coup d'œil à ses sœurs, Paige recula un peu, inquiète. Tout le monde était à la maison et Léo ne se servait pas de la porte.

Avant même que les trois sœurs aient le temps de se demander qui allait apparaître, la porte s'ouvrit brusquement et elles se retrouvèrent face à face, non avec un démon enragé, mais quatre gros sacs bruns de supermarché.

Quand l'intrus qui les portait entra en titubant sous leur poids, Paige aurait même pu jurer voir les mains de Piper essayer, à tâtons, de poser les clés sur la desserte de l'entrée.

Mais cela, bien sûr, n'était pas possible. Piper se tenait juste à côté d'elle.

— Quelqu'un pourrait m'aider ?

Bon, apparemment, c'est possible, pensa Paige,

l'estomac tourneboulé. C'était bien la voix de Piper qui provenait de derrière ces sacs bruns. Et, avant que l'une d'elles puisse réagir, ce fut la tête de Piper qui apparut sur le côté, une expression désespérée sur le visage tandis qu'elle essayait de maintenir ses courses en équilibre.

— Mais… Qu'est-ce… ? balbutia Paige.

— Qui êtes-vous, bon sang ? demanda la Piper en veste de cuir.

La Piper avec les sacs laissa tomber ceux-ci par terre. Une boîte de levure chimique roula jusqu'au salon et d'autres paquets s'étalèrent sur le sol. Mais personne n'y prêta attention.

— Qui je suis ? répondit la nouvelle Piper en fronçant les sourcils. Et vous ! Qui êtes-vous ?

Phoebe s'écarta de quelques pas de l'une des Piper, se dirigea vers l'autre et les considéra, l'une après l'autre, avec défiance. Le temps sembla suspendre son vol pendant que les quatre sœurs se dévisageaient, attendant que quelqu'un trouve une explication sensée. Phoebe saisit les mains gauches des deux Piper. Toutes deux portaient des alliances identiques, avaient les cuticules semblables et des taches de rousseur sur le dos de leurs poignets.

— Oh… mon… Dieu, balbutia-t-elle, sidérée.

— Vous ! Sortez de mon corps ! crièrent les deux Piper au même moment, avec exactement la même voix.

— Eh bien ! dit Paige en croisant les bras. Ça, c'est la meilleure !

CHAPITRE 3

— C'est une sorcière ! C'est une sorcière et elle a volé mon corps ! cria la Piper près de l'escalier en pointant les deux mains vers son double.

— Je vous en prie ! C'est sûrement vous la sorcière ! rétorqua l'autre Piper en rejetant la tête en arrière avec indignation. Moi, je ne porterais jamais une veste comme celle-ci !

— Quoi ? Je vous signale que cette veste est un véritable… *investissement* !

— Sûrement, oui ! Une averse et ce truc est fichu !

— Très bien ! Ça suffit comme ça ! hurla la Piper en veste de cuir.

Elle leva les mains pour faire exploser son doublon, mais Paige saisit ses poignets et lui poussa les bras le long du corps pour les y maintenir. Pendant ce temps, Phoebe se jeta devant l'autre Piper pour l'empêcher de faire la même chose.

— Non, pas touche ! dit Phoebe en tapant sur la main de Piper tandis qu'elle essayait de contourner Phoebe pour anéantir sa nouvelle jumelle.

— Pas touche, j'ai dit ! répéta Phoebe en tapant sur l'autre main. Faut-il que j'aille chercher mes menottes ? demanda-t-elle, exaspérée.

— Tu as des menottes ? demandèrent les deux jumelles en même temps.

Phoebe eut soudain l'impression de se tenir dans la salle des miroirs d'une fête foraine mais, au lieu d'être entourée de ses propres reflets, elle était entourée de deux Piper.

— Bon, il faut que… tout le monde… se calme ! dit posément Phoebe en tenant les poignets de sa Piper pendant que Paige en faisait autant avec la sienne. Il doit y avoir une explication raisonnable à tout ça.

— En effet ! dit celle qui portait la veste de cuir en se débattant pour libérer ses poignets. Elle, c'est une imposture ! Vous savez bien que je suis moi. Nous venons juste de passer une bonne partie de la journée ensemble.

— Ha ! Ce qui prouve justement que vous n'êtes pas moi ! rétorqua l'autre en réussissant à se libérer. Tout le monde sait que j'avais des tonnes de choses à faire aujourd'hui. Vous pensez vraiment que j'aurais envoyé tout ça balader pour une heure de shopping ?

— C'était en effet un peu bizarre, admit Phoebe en jetant un coup d'œil vers la Piper qui se tenait devant l'escalier.

Tout cela était vraiment trop compliqué ! Comment pouvait-elle être à côté de Piper et regarder Piper à l'autre bout de la pièce ? Cette histoire lui donnait littéralement le tournis.

— Bon, les enfants ! Je crois avoir une idée, annonça Paige d'un air plutôt guilleret. Il y a une manière simple pour résoudre tout ça.

— S'il te plaît, fais-nous profiter de ta science ! l'implora Phoebe.

— Il nous suffit de faire le test où on pose des questions dont seulement Piper connaît les réponses. Ça marche toujours, dans les films.

— Oh, ça suffit ! dit l'une des Piper. Laissez-moi simplement la désintégrer !

— Piper ! gronda Phoebe.

— Quoi ? demandèrent-elles toutes les deux.

Phoebe prit sa tête dans ses mains et commença à arpenter la pièce d'une Piper à l'autre, essayant de comprendre la situation. Dans la maison, on entendait seulement le tic-tac de l'horloge du salon et le frottement des chaussures de Phoebe sur le parquet.

— Bon, à partir de maintenant, toi tu es Piper I, dit Phoebe en pointant le doigt vers celle qui se trouvait près de la porte. Et toi, tu es Piper II, ajouta-t-elle en désignant la Piper en veste de cuir.

— Je ne vois pas pourquoi je serais la Deux…

— Silence ! dit Phoebe en levant la main. Paige, tu peux la lâcher.

— Tu es sûre ? demanda Paige, à moitié convaincue.

— Et toi, ne fais rien exploser avant qu'on comprenne ce qui s'est passé, dit Phoebe à Piper II, d'un ton autoritaire en levant un index menaçant.

Piper II leva les yeux au ciel d'un air exaspéré.

— Bon, bon, d'accord.

Paige alla rejoindre Phoebe et toutes deux gardaient les yeux sur les Piper qui se surveillaient l'une l'autre. La ressemblance était incroyable. Mis à part la nouvelle veste, elles portaient toutes deux exactement la même tenue que Piper avait enfilée le matin : un jean taille basse et un T-shirt noir à manches longues. Toutes deux arboraient le même bracelet à un poignet et la même alliance. Il aurait pu y avoir un miroir devant l'une d'entre elles.

Ceci est vraiment très perturbant, pensa Phoebe. Quelques années plus tôt, trois Prue s'étaient formées devant elle, mais les clones de leur sœur aînée collaboraient toutes ensemble dès le début. Chacune de ces deux Piper semblait extrêmement troublée par la présence de l'autre.

— On va commencer avec ce test, dit Phoebe. Qu'est-ce qu'on peut lui demander ?

— Hum… bon… quel est le nom de ton mari ? demanda Paige.

— Léo Wyatt, répondirent aussitôt les Piper, sur un ton qui signifiait que la question était bien trop facile.

— Bon, quel était le nom du petit copain que je t'ai soi-disant piqué au collège ? demanda Phoebe.

— Billy Wilson répondirent presque simultanément les deux Piper.

— Et c'est *vraiment* vrai que tu me l'as piqué ! ajouta Piper I.

— Ah, oui, flagrant ! renchérit Piper II.

— Oh, j'en ai une bonne ! s'exclama Paige en sautillant sur place. Où est-ce que vous m'avez rencontrée pour la première fois.

— Ici, répondirent les Piper. La nuit où tu es devenue une sorcière.

— Comment s'appelait le premier sorcier que nous avons anéanti ensemble ? demanda Phoebe.

— Jeremy.

— Où cachais-tu ton journal intime quand tu étais petite ?

— Sous le pot de fleurs au fond du jardin.

— Comment ta mère est-elle morte ?

— En se noyant.

Plus elles donnaient de bonnes réponses toutes les deux, plus elles étaient furieuses l'une contre l'autre.

En silence, certes, mais cela créait une tension presque palpable. Les narines frémissantes, elles marchaient de long en large sans se quitter des yeux, comme deux lionnes. Puis elles s'arrêtèrent, se retournèrent et fixèrent Phoebe et Paige, les bras croisés.

— Ça ne marche pas ! dirent-elles ensemble.

Paige ne put s'empêcher de rire.

— Je sens que Léo va adorer ça !

— Ce n'est pas le moment de plaisanter, dit Phoebe.

Elle se dirigea vers la véranda et s'assit sur le bord du canapé, pensive.

— J'ai trouvé ! dit-elle en se tournant vers Piper I.

— Toi, essaie de la figer !

— Avec plaisir ! dit Piper I en levant ses mains.

Piper II ouvrit la bouche avec indignation.

— Pourquoi est-ce qu'*elle* a le droit de *me* figer ?

Mais Piper I avait déjà fait une tentative et Piper II avait continué à parler. Cela n'avait pas réussi.

Il n'y avait qu'une seule explication à cela.

— Elle ne s'est pas figée ! dit Paige. Elle est immunisée contre nos pouvoirs, ça veut donc dire qu'elle est une *bonne* sorcière !

— Je vous l'avais bien dit ! s'écria Piper II.

Elle leva les mains pour figer Piper I et, là encore, rien ne se produisit.

— Elles sont toutes les deux de *bonnes* sorcières, déclara Phoebe en s'inquiétant sérieusement.

Cela ne présageait rien de bon. Sous leurs yeux se déroulait de la magie très puissante. Mais que se passait-il exactement ? En fait, peu lui importait la manière dont cela avait commencé. Ce qui l'intéressait, cependant, c'était de savoir laquelle des deux Piper était réellement sa sœur.

— Ce n'est pas possible, déclara Piper I en se tournant vers ses sœurs. Et comment ?

— Je n'en sais rien, mais ne t'inquiète pas, on va finir par trouver, répondit Paige en tapotant sur le bras de Piper II pour la réconforter.

— Hé ! C'est l'autre qui est inquiète, protesta Piper I d'un air indigné. Moi je sais qu'on va trouver !

Piper I fit une grimace à sa jumelle. Phoebe soupira, se demandant par quel bout le prendre. Dans son champ de vision, elle aperçut soudain la caisse des grigris qu'elle avait fabriqués la veille. Elle était posée à côté de la pile de chaises que le peintre avait débarrassées de la salle à manger. Quand elle remarqua toutes les herbes éparpillées sur les petites pochettes en tulle, son sang ne fit qu'un tour.

— Une minute ! dit-elle en s'approchant de la boîte. Qu'est-ce qui est arrivé à mes charmes ?

— Ah, c'est ça qui te préoccupe, pour l'instant ? railla Piper I. L'un des peintres s'est cogné contre moi et j'ai renversé quelques herbes là-dessus. Je te les nettoierai plus tard, c'est promis.

Phoebe ressentit ce petit tiraillement à l'estomac qui annonçait une inquiétude confuse. Était-ce vraiment possible ? Elle avait fait exprès de ne pas inclure certains ingrédients pour que ces grigris n'aient aucune chance de fonctionner…

— Piper, tu n'aurais pas fait un vœu, par hasard, après avoir recouvert mes charmes avec toutes ces herbes ? demanda-t-elle en les regardant tour à tour.

Les Piper écarquillèrent les yeux, perplexes.

— Oh, mon Dieu ! s'écria Piper I.

— Le souhait ! dit Piper II.

— Voilà la liste des ingrédients que j'ai utilisés dans ces amulettes, dit Phoebe en entrant dans la cuisine assez encombrée, où Paige vérifiait déjà le contenu des flacons que Piper avait renversés sur la boîte en carton.

À côté, la salle à manger à moitié peinte restait silencieuse. Les peintres avaient dû prendre une pause pour le déjeuner avant le retour des sœurs. *Tant mieux*, pensa Paige. *Ça nous laissera le temps de résoudre cette histoire avant que le commun des mortels ne soit témoin de cette situation abracadabrante.*

Piper I et Piper II étaient installées à la table de la cuisine, se regardant en chiens de faïence. De temps à autre, l'une penchait la tête sur le côté et l'autre Piper la copiait immédiatement. Cela commençait à sérieusement énerver Paige.

— Vous pourriez arrêter avec ce petit jeu du miroir, les filles ? demanda-t-elle en resserrant le couvercle du flacon de romarin. Et cessez de vous fixer comme ça, toutes les deux. Ça fait peur !

— Désolée, dit Piper II. C'est tellement… génial !

— Si on veut, dit Piper I. Tu crois que je me suis vraiment dédoublée ?

Paige, la spécialiste des potions, vérifia la liste des ingrédients de Phoebe, puis jeta un coup d'œil aux flacons qu'elle avait alignés sur le comptoir de la cuisine. Il n'y avait aucun doute. Piper s'était, par accident, composé une concoction du tonnerre !

— Oui, j'en ai bien peur ! dit Paige en se redressant. Je pense même que nous devrions ajouter cette recette aux autres, dans le *Livre des Ombres*.

— Ou bien la détruire, suggéra Phoebe. Il faudrait la mettre sous la rubrique : « Méfiez-vous de vos souhaits, ils pourraient être exaucés » !

— Bon, alors qu'est-ce qu'on fait ? demanda Piper I. Comment peut-on l'inverser ?

— Je n'en sais rien, dit Paige en se mordillant les lèvres. Je me demande ce qu'il vous arriverait, *à vous*, si on l'inversait.

Les deux Piper se considérèrent en silence, troublées. Techniquement, si Piper s'était dédoublée, les deux Piper *étaient* Piper. D'un point de vue strictement intellectuel, c'était assez difficile à imaginer. Mais hélas, c'était ainsi. En inversant le sortilège, il ne leur resterait peut-être plus qu'une seule Piper sur les deux. Laquelle ? C'était horrible !

— Nous devrions appeler Léo, suggéra Phoebe, assez tendue.

— Léééoooo ! crièrent les quatre sœurs à tue-tête.

Elles attendirent en silence, les yeux rivés au plafond jusqu'à ce qu'il soit évident que leur Etre de Lumière ne viendrait pas.

— C'est assez bizarre, non ? demanda Paige.

— Il nous avait prévenues qu'il serait hors d'atteinte pendant quelque temps, rappela Piper I. Et puis, techniquement parlant, aucune d'entre nous n'est blessée…

— Bon, on peut toujours essayer la solution la plus évidente, même si elle a peu de chances de réussir, dit Phoebe en posant la boîte de grigris sur la table. Si les deux Piper souhaitaient qu'il n'en reste plus qu'une seule, un simple vœu réussirait peut-être à inverser le précédent ?

Les deux Piper se regardèrent, puis haussèrent une épaule d'un seul et même geste.

— Ça vaut le coup d'essayer, observa Piper II.

De chaque extrémité de la table, les Piper tendirent le bras pour toucher la boîte, tout comme l'avait fait

Piper quelques heures plus tôt, quand elle avait souhaité être deux.

— Prête ? demanda Piper I.

Paige retint son souffle et souhaita que cela se passe bien.

— Prête, répondit Piper II.

— Si seulement on n'était qu'une seule Piper ! crièrent les deux jumelles en chœur, les yeux fermés.

Paige serra les dents, attendant qu'il se passe quelque chose : un éclair, une grande explosion, un tourbillon de vent… des phénomènes auxquels elle était habituée depuis qu'elle était devenue une Charmed. Mais rien ne se passa. Les deux Piper étaient toujours là.

— Eh bien ! C'est raté, constata Piper II en croisant les bras.

— Je savais que c'était trop facile, dit Phoebe. Pourquoi ne peut-on pas vivre dans un monde où un souhait annule un autre souhait ?

— C'est peut-être parce que tu as utilisé ton pouvoir pour un bénéfice personnel, déclara Paige.

— Mais je ne l'ai même pas fait exprès ! protesta Piper II.

— Oui, mais c'était tout de même un souhait égoïste, lui rappela Piper I. Paige a raison. On restera peut-être toujours comme ça en guise de punition.

— Quelle horreur ! dit Piper II.

Les trois autres sœurs la considérèrent avec surprise.

On dirait que Piper II nous fait une petite colère, pensa Paige.

— Je vais aller jeter un coup d'œil au *Livre des Ombres*, annonça Paige en prenant la liste des ingrédients de Phoebe et un stylo pour noter les herbes et les épices. Mais ça risque de prendre un moment.

— Je vais t'aider, dit Phoebe en saisissant la boîte en carton pour l'emporter. Et vous deux, restez sagement ici !

— Ne vous inquiétez pas, on va trouver une solution, ajouta Paige pour leur remonter le moral.

En se retournant pour quitter la pièce, elle ressentit un frisson d'appréhension dans le dos. Cette fois-ci, la magie avait quelque chose d'inhabituel. Piper avait créé une personne entièrement nouvelle. C'était très sérieux et Paige avait l'impression qu'elles allaient manipuler des jouets interdits…

Elle allait monter l'escalier quand elle entendit des bruissements devant la porte d'entrée. Phoebe et elle s'arrêtèrent aussitôt.

— Tu as entendu ça ? demanda Paige en retenant sa respiration.

Soudain, un hurlement retentit de l'autre côté de la vitre.

— En tout cas, j'ai entendu le cri d'une femme ! dit Phoebe en se précipitant vers la porte.

— Piper !… Euh, *les* Piper ! appela Paige, paniquée.

Quelles sortes de démons étaient encore à leurs trousses ?

Ni Paige ni Phoebe n'étaient préparées au spectacle qui s'offrit à leurs yeux de l'autre côté de la porte. Une jeune femme blonde de dix-huit ans environ, vêtue d'une longue robe blanche, était allongée sur le seuil, une flèche plantée dans la poitrine. Penché au-dessus d'elle, un Etre des Ténèbres souriait encore, ravi de son forfait. Ses cheveux ébouriffés partaient en tous sens et il lui manquait quelques dents à l'avant.

— Paige, recule ! cria Phoebe.

Quand l'Etre des Ténèbres croisa son regard, Paige

vit défiler sa propre vie en un éclair. Elle commença à reculer, trop lentement à son goût. Mais la créature se contenta d'éclater de rire. À cet instant, les deux Piper accoururent derrière Paige et levèrent les mains pour envoyer l'Etre des Ténèbres ad patres. Mais il disparut dans un nuage noir avant qu'elles puissent agir.

— Il ne m'a pas tuée, dit Paige, légèrement engourdie.

— Vite, les filles ! Aidez-moi ! Elle est encore vivante ! appela Phoebe.

Penchée au-dessus de la jeune femme, elle essayait de la soulever, mais l'Etre de Lumière geignit de douleur. Paige s'agenouilla à côté d'elle et voulut saisir la flèche, mais Phoebe arrêta son geste.

— Non, Paige ! Laisse-moi faire ! Pour toi c'est du poison !

Paige déglutit. Comment avait-elle pu se montrer aussi imprudente ? Ce n'était pas la première fois qu'elle frôlait la mort et cette brève expérience n'aurait pas dû la déstabiliser ainsi. Phoebe retira la flèche et la jeune femme laissa échapper un gémissement de douleur. Puis les quatre sœurs la portèrent dans le salon où elles l'installèrent sur le canapé.

— Peux-tu la guérir, Paige ? demanda Phoebe en reculant d'un pas.

— Je peux toujours essayer.

Paige s'agenouilla à côté de la fille et imposa ses mains au-dessus de la blessure. Mais la jeune blessée arrêta son geste avec une grande faiblesse.

— C'est… trop… tard, dit-elle en respirant avec difficulté. Le poison était trop près de… mon cœur. Le temps m'est compté… Je dois vous avertir.

— Nous avertir ? Mais de quoi ? demanda Paige tandis que la chair de poule envahissait sa nuque.

— Les Anciens… ils m'envoient vous dire…

La fille fit une pause et prit quelques inspirations rauques, puis elle continua :

— Les Etres des Ténèbres sont en train de se regrouper. Ils viennent… s'en prendre à vous.

Paige eut l'impression qu'on la plongeait dans une bassine d'eau glacée. Les Etres des Ténèbres allaient l'attaquer ? Voilà qui laissait présager le pire !

Soudain, la fille toussa et son corps fut pris de convulsions. Paige se ressaisit et tendit encore une fois les mains au-dessus de la blessure, tentant encore de la guérir. Mais la jeune sorcière n'était qu'à demi Etre de Lumière et ne détenait pas de réels pouvoirs de guérison. Il lui fallait canaliser les pouvoirs de la jeune mourante pour les lui renvoyer, et la fille était bien trop affaiblie, déjà. Sous les yeux de Phoebe, des deux Piper et de Paige, l'Etre de Lumière ferma définitivement les paupières. Elles n'avaient même pas eu le temps de connaître son nom.

Paige se leva très lentement, les yeux noyés de larmes.

— Elle était si jeune ! dit-elle en considérant ses sœurs.

— Tu as fait de ton mieux, la rassura Piper I.

— Et cet avertissement ? demanda Piper II. Apparemment, une armée d'Etres des Ténèbres s'apprêterait à attaquer Paige ? C'est épouvantable, non ?

— Je ne sais pas, répondit Phoebe en prenant un plaid sur le dossier du canapé pour l'étaler sur la jeune morte.

Elle se tourna vers ses sœurs, le front soucieux.

— Cela ne tient pas vraiment debout. Cet Etre des Ténèbres se tenait devant nous et Paige était totalement exposée. Il n'a fait aucune tentative contre elle.

— La fille s'est peut-être trompée, suggéra Paige avec un soupçon d'espoir. Ce n'est peut-être pas à moi qu'ils veulent s'attaquer ?

— Pourquoi les Anciens l'ont-ils envoyée *elle*, demanda Piper I en arpentant la pièce. Si la vie de Paige était en danger, pourquoi n'est-ce pas Léo qui est venu pour tout nous expliquer ?

— C'est en effet lui que les Anciens auraient envoyé, s'ils avaient estimé que la menace était vraiment grave, n'est-ce pas ? intervint Paige.

Elle s'accrochait à la possibilité que l'Etre de Lumière s'était trompée, qu'il n'y avait pas un bataillon de guerriers empoisonneurs derrière la porte, prêts à l'attaquer.

— Allez savoir ! dit Piper II. Ça leur ressemble.

Piper ne nourrissait pas une grande estime pour les Anciens car ils l'avaient séparée de Léo pendant plusieurs mois. Jadis, en effet, il était strictement interdit qu'un Etre de Lumière et une sorcière se lient. Les Anciens avaient donc tout fait pour séparer les deux amoureux. Mais quand ils avaient vu que Piper se démenait comme une lionne pour défendre la cause du Bien et que le couple n'était pas près de renoncer à leur amour, ils avaient finalement accepté que Piper et Léo se marient.

— Tout ce que nous savons, c'est que l'Etre des Ténèbres a essayé de l'empêcher de nous avertir de quelque chose, dit Phoebe. Pour l'instant, nous devons nous préparer au pire et garder un œil sur Paige.

— Oui, ce serait sympa de vous occuper un peu de moi, dit Paige en s'approchant de Phoebe qui passa un bras réconfortant autour de ses épaules.

— Comme si nous n'avions pas assez de problèmes comme ça ! maugréa Piper II.

Phoebe tapa dans ses mains.

— Bon, retournons à ce que nous faisions ! Il faut qu'on consulte le *Livre des Ombres* pour voir comment arranger cette histoire de vœu. Ce n'est pas pour vous vexer, mais j'ai davantage confiance en notre Pouvoir des Trois que dans le Pouvoir des Quatre et, avec cette affaire d'Etres des Ténèbres sur les bras, nous risquons d'en avoir besoin.

— Et que fait-on de cette pauvre fille ? demanda Paige.

Avant que quelqu'un puisse répondre, des centaines de tourbillons blancs apparurent au-dessus du corps de la jeune fille et s'élevèrent vers le plafond avant de disparaître. Le plaid qui la couvrait garda un instant la forme de son corps, puis retomba sur le canapé.

Phoebe sourit tristement en fixant l'endroit où les tourbillons avaient disparu.

— Je crois qu'elle est partie en des lieux moins hostiles, dit-elle. Allons consulter le Livre.

Paige suivit Phoebe, se demandant si elle-même allait disparaître ainsi, le jour de sa mort, emportée par des tourbillons. L'idée était assez séduisante et un départ de ce genre plutôt tentant. Pourvu que ce ne soit pas pour tout de suite…

Ce ne fut qu'en arrivant à mi-escalier qu'elle se rendit compte que les Piper ne la suivaient pas.

— Vous venez ? demanda-t-elle en se penchant sur la rampe.

— On arrive tout de suite ! répondirent-elles sur le même ton.

Paige continua son ascension en secouant la tête. Décidément, elle allait avoir du mal à s'habituer à ce duo de Piper… Tout comme à la perspective de voir débarquer une escadrille d'Etres des Ténèbres d'une minute à l'autre !

Encore une journée à inscrire dans son livre des records…

— Tu sais ce que je pense ? demanda Piper II à Piper I, en s'installant sur le canapé avec un sourire malicieux.

Elle parlait à voix basse, écoutant les pas de ses sœurs qui montaient l'escalier menant au grenier.

Piper I cligna des yeux.

— Non, je ne vois pas. Ce qui est d'ailleurs assez curieux, puisque nous partageons le même cerveau, répondit-elle en s'asseyant à côté de son double.

— Eh bien, je pense que j'ai bien trop à faire pour m'occuper de *ça*, dit-elle en les désignant toutes deux d'un geste de la main.

— Je sais, admit Piper I en soupirant. Mais je pense que malgré tout ce qui se passe, résoudre *ce* problème devrait être notre priorité.

— Oui ! Absolument ! Mais tu as entendu ce qu'a dit Paige ? Ça va prendre du temps, fit remarquer Piper II. Alors, en attendant, si nous profitions du fait d'être en double pour faire avancer un peu les choses ?

— À quoi penses-tu, exactement ? demanda Piper I en se trémoussant sur le canapé.

— Que les peintres vont finir par revenir de leur pause déjeuner *et* qu'il reste toute la pâtisserie à faire…

— *Et* l'interview cet après-midi… ajouta Piper I qui commençait à comprendre.

— *Et* il faut garder un œil sur le *P3*…

— *Et* quelqu'un doit rester ici pour s'assurer qu'il n'arrivera rien à Paige…

— Alors que nous avons soudain la fabuleuse possibilité de nous occuper de toutes ces tâches sans trop nous surmener, dit Piper II.

— Je ne sais pas… hésita Piper I en regardant vers l'escalier.

Elle savait ce que diraient ses sœurs si elles étaient présentes. Il y avait trop de risques à lâcher deux Piper dans le monde. Et si quelqu'un les voyait ? Et si quelque chose allait de travers ?

— Bon ! Autant en profiter pendant que ça dure ! insista Piper II.

— Peut-être que l'une de nous deux pourrait rester ici, pour qu'on ne se fasse pas remarquer… proposa Piper I. Ce serait super si on pouvait faire avancer les choses.

— Exactement. Pourquoi gâcher cette occasion ? C'était bien ce que je souhaitais, non ? Etre deux…

— Il y avait peut-être une bonne raison pour que cela se passe ainsi, suggéra doucement Piper I. Tu étais peut-être censée être là pour me donner un coup de main.

— Ou bien *toi* pour me donner un coup de main à *moi* ! protesta Piper II.

— Oui, bien sûr ! Peu importe, dit Piper I en haussant les épaules. Mais comment allons-nous faire pour profiter de cette occasion fabuleuse d'être deux ?

Piper II ressentit la chair de poule couvrir ses bras et remarqua que la même chose arrivait chez son double. Elles étaient tellement sur la même longueur d'onde ! Au début, cette histoire de double lui avait semblé quelque peu effrayante, mais maintenant elle commençait à en voir tous les aspects positifs.

— Je vais me rendre à l'interview et faire un coup de charme au journaliste du *Chronicle*, proposa Piper II.

— Et moi je reste ici pour m'occuper des peintres et des éventuels Etres des Ténèbres qui pointeront leur nez, dit Piper I avec un sourire espiègle. Et ensuite, tu pourrais aller au *P3* pour voir Rinaldo pendant que je prépare les gâteaux !

— C'est parfait ! s'exclama Piper II.

Elles se levèrent toutes deux et se dirigèrent vers l'entrée, mais Piper I s'arrêta et attrapa son double par le bras. Puis elle retira brusquement la main. C'était vraiment bizarre de toucher quelqu'un qui n'est autre que soi-même !

— Attends une minute ! dit-elle. On n'est pas en train d'utiliser la magie à des fins personnelles ?

— Ne t'inquiète pas ! la rassura Piper II. Cela fera de nous une sorcière plus heureuse, plus disponible ! C'est pour le bien de tous, non ?

Piper I pencha la tête sur le côté et y réfléchit un instant. Normalement, elle aurait été la première à trouver cet argument minable, mais pour l'instant, elle n'avait pas envie de se compliquer la vie.

— C'est assez fumeux, dit-elle en faisant une grimace qui ressemblait à celle de son double. Mais je prends !

CHAPITRE 4

— Vous avez oublié un endroit au plafond, juste là ! dit Piper I en désignant un coin d'un geste autoritaire.

Le peintre laissa échapper un soupir agacé et passa le rouleau un peu plus loin sur sa gauche. Assise à la grande table, elle surveillait les peintres depuis leur retour de la pause déjeuner, qui avait duré particulièrement longtemps. Piper se rendait bien compte qu'ils commençaient à en avoir assez d'elle. Mais peu lui importait !

— Vous allez rester assise ici toute la journée ? demanda-t-il en repassant vigoureusement le rouleau sur l'espace qu'elle avait indiqué.

Elle sourit, continuant à trier les papiers qu'ils avaient mélangés le matin. Pour la première fois depuis longtemps, Piper se sentait détendue.

— Oui, dit-elle à l'homme. Ça vous pose un problème ?

Les trois ouvriers qui travaillaient à divers endroits de la pièce échangèrent des regards exaspérés. Piper les ignora et se replongea avec satisfaction dans ses papiers. Ils pouvaient se plaindre d'elle autant qu'ils le souhaitaient. Elle voulait que le travail soit exécuté avec soin et ne laisserait rien passer… maintenant qu'elle avait le temps de s'en occuper.

Mais tu as uniquement le temps parce que tu as utilisé un sortilège, lui reprocha une petite voix. *Un sortilège qui entre parfaitement dans la catégorie « intérêt personnel ».*

La cadence du battement de son cœur augmenta, mais elle l'ignora. Si elle s'appesantissait trop longtemps sur le fait qu'il existait une autre Piper dans la nature et sur les conséquences que cela pouvait entraîner, alors son travail n'avancerait pas. Et c'était ça, le but, n'est-ce pas ? Que toutes les tâches soient accomplies en fin de journée !

Elle se préoccuperait des ramifications surnaturelles plus tard. Quand tout serait enfin terminé !

Le téléphone sonna et Piper décrocha.

— Allô ?

— Piper ? C'est Piper ! dit sa propre voix à l'autre bout du fil.

Piper I frissonna en se parlant à elle-même, mais elle sourit. Toute cette histoire était vraiment cool.

— Salut, toi ! Comment ça se passe ? demanda Piper I à Piper II tout en gardant un œil sur les peintres.

— Je viens juste d'arriver au restaurant pour l'interview. En fait, j'appelle de mon… de notre… portable, répondit Piper II. Je voulais savoir où on en était avec les Etres des Ténèbres. Tu en as vu ?

— Non, pas encore, répondit sereinement Piper I en levant les yeux au plafond comme si elle pouvait voir à travers jusqu'au grenier. Je t'appelle si quelqu'un… débarque.

— Parfait, je garde le téléphone sur moi, répondit Piper II.

— Oh, à propos ! Quand tu te rendras au *P3*, tout à

l'heure, il y a ce type, Douglas, qui travaille pour Rinaldo. Ne le laisse pas te marcher sur les pieds ! Il est diabolique.

— Diabolique-diabolique ou juste… diabolique ? demanda Piper II.

— Juste diabolique, précisa Piper I. Enfin, je crois. Il voulait démolir tous les murs de la zone VIP pour installer plus de sièges pour le défilé.

— Il est malade ou quoi ! s'offusqua Piper II. Il ne peut pas simplement débarquer et détruire la zone VIP !

Je suis vraiment comme ça ? se demanda Piper en faisant une grimace.

— Tu vois… diabolique !

— Bon, je vais m'occuper de son cas ! lui dit Piper II. À plus !

Piper I raccrocha, plutôt satisfaite. C'était tellement reposant d'être en parfaite symbiose avec quelqu'un… de savoir exactement ce que pensait l'autre tout en ayant la certitude d'être parfaitement compris en retour.

Oui… voilà une situation à laquelle elle pourrait facilement prendre goût !

Piper II goûta le vin que le serveur venait de lui verser et sourit. Ni trop doux ni trop fort, un vin parfait pour un déjeuner d'affaires. D'un geste, elle l'invita à remplir les verres et se tourna vers Gina Manki, la journaliste tirée à quatre épingles qui conduisait l'interview pour le Prix de la meilleure femme d'affaires de l'année.

— Vous vous y connaissez en vins ! déclara Gina avec un sourire impressionné.

— Euh, oui… je travaillais dans la restauration avant d'ouvrir le club.

Avant de quitter le Manoir, elle avait enfilé une petite robe noire sans manches et ajouté une touche de maquillage pour souligner son regard. C'était plus que ce qu'elle se serait autorisé un dimanche normal, mais elle avait voulu s'habiller pour impressionner la journaliste. À en juger par la réaction de Gina, elle avait frappé dans le mille !

Piper sourit tandis que Gina goûtait le vin à son tour. Elle n'en revenait pas. Tout se passait si facilement. D'habitude, elle avait horreur de se trouver ainsi sous les projecteurs et parler d'elle-même lui était toujours pénible.

— C'est exact, je l'ai lu dans votre biographie, dit Gina en jetant un coup d'œil sur le carnet qu'elle avait posé à côté de son assiette. Qu'est-ce qui vous a fait passer du poste de chef et de directrice de restaurant à la gestion d'une boîte de nuit ? demanda-t-elle en agitant devant Piper des doigts parfaitement manucurés.

— Eh bien, je voulais avoir ma propre affaire et ce club était disponible. C'était sans doute mon destin, dit Piper en pouffant de rire.

— Et quel succès ! Vous avez fait de belles affaires ces dernières années, fit remarquer Gina en repoussant une mèche blonde échappée de son chignon.

— Oh, parfois il suffit d'être là au bon moment avec le bon produit…

Je ne me reconnais pas ! pensa Piper, surprise de son aplomb.

Gina rit et nota quelques mots sur son carnet. À cet instant, Piper sut que l'interview était dans la poche. Elle prit une grande inspiration, expira lentement tout en se laissant submerger par un délicieux sentiment d'euphorie. Il lui aurait été impossible de ressentir cela si elle n'avait su que son double se trouvait à la maison en ce moment, en train de s'occuper de tout le reste. Et en plus, l'autre Piper s'en occupait exactement de la manière dont elle-même l'aurait fait.

Phoebe et Paige étaient des personnes responsables et elle pouvait compter sur leur bon jugement, mais elle avait sa façon de voir les choses et se sentait bien plus à l'aise quand elle faisait tout elle-même. Sans les conséquences inattendues de ce vœu, elle serait inquiète, distraite, impatiente de prendre le téléphone pour vérifier si tout allait bien. Au lieu de cela, elle pouvait rester détendue et se montrer sous son meilleur angle.

— Votre commande, mesdames, annonça le serveur en déposant une assiette joliment arrangée devant elles.

— Ça m'a l'air délicieux, merci ! dit Piper.

Piper était invitée par le magazine et elle se surprit à se féliciter d'avoir choisi les tâches en dehors de la maison. Déjeuner avec Gina dans un restaurant gastronomique était beaucoup plus amusant que de rester au Manoir avec ces peintres, à attendre que les Etres des Ténèbres montrent leurs faces repoussantes afin de les exterminer.

Qu'il était bon d'être Piper II !

Piper fredonnait avec la radio en mélangeant les ingrédients de ses célèbres bouchées chocolat-framboise. Les peintres avaient quitté le chantier et elle était seule dans la cuisine. Le soleil commençait à descendre et une brise fraîche agitait les rideaux, remplaçant l'odeur de peinture par celle, bien plus agréable, d'une pluie de printemps.

Cela pourrait être la plus belle nuit de ma vie,

pensa Piper en versant le mélange dans les petits moules identiques. Elle savait qu'elle exagérait mais, pour l'instant, c'est ainsi qu'elle le ressentait. Cela faisait très longtemps qu'elle n'avait pas pu prendre le temps de faire de la pâtisserie avec autant de plaisir. Dernièrement, elle avait été obligée de tout bâcler, l'esprit préoccupé par d'autres soucis. Elle avait l'impression d'avoir oublié combien cela pouvait être agréable, que ce n'était pas une corvée mais un plaisir.

Piper glissa la première plaque dans le four et régla le minuteur, les mains couvertes de farine. Elle pouffa de rire, le cœur léger, et avait envie de se comporter comme une gamine. Ce n'était pas très grave ! Phoebe et Paige s'étaient réfugiées dans le grenier depuis des heures et n'étaient donc pas là pour se moquer d'elle. Toute à sa joie, elle exécuta une petite pirouette au rythme de la musique et saisit une nouvelle jatte pour préparer la pâte des muffins aux noix. Les préférés de Léo.

Léo, pensa Piper. Ce serait tellement agréable de le voir, là, maintenant. Elle était d'une telle bonne humeur qu'elle aurait aimé en faire profiter son mari. Elle posa le bol sur la table et leva les yeux au plafond. Pourquoi ne pas essayer ?

— Léo ! appela-t-elle en souriant. Oh, Léééooo !

Piper attendit en battant des paupières, mais rien ne se passa. Pas de tourbillons de lumière, non, rien. Il devait être vraiment très occupé !

Tant pis ! pensa Piper en versant les ingrédients dans la jatte. *J'essaierai peut-être plus tard, quand les muffins seront prêts et bien chauds.* Elle imaginait déjà sa mine gourmande en prenant une première bouchée. Rien qu'en y pensant, elle pouffa de rire.

J'espère que mon double s'amuse autant que moi !

pensa Piper en tamisant la farine. Malheureusement, dans la mesure où Piper II était sans doute en train de se confronter à Douglas, c'était pratiquement impossible.

Piper se tenait au fond de la salle tandis que les ouvriers sortaient tout des alcôves VIP. Elle voulait s'assurer qu'ils conservaient bien tous les coussins et tous les rideaux afin de pouvoir les remettre exactement à leur place une fois le nouveau sol posé. Des coups de marteau et le crissement des scies emplissaient la salle et l'odeur âcre du bois fraîchement coupé venait chatouiller ses narines. Les lieux étaient en effervescence et elle adorait cela !

Son téléphone portable sonna et elle eut un coup au cœur quand elle vit s'afficher le numéro du Manoir.

Elle décrocha précipitamment.

— Allô ? Tout va bien ?

— Tout va parfaitement bieeen, répondit sa propre voix sur un ton alangui. Je voulais juste voir comment ça se passait pour toi.

— Bon sang ! Tu m'as flanqué une de ces trouilles ! répondit Piper II. J'ai cru qu'il était arrivé quelque chose à Paige.

— Désolée, répondit Piper I. J'aurais dû me douter que tu réagirais ainsi puisque je l'aurais probablement fait aussi.

— Exactement, rétorqua Piper II en soupirant. Mais tu sais…

— Bon, mademoiselle Halliwell ! Comme convenu, voici les échantillons pour le sol.

Un homme, sans doute ce Douglas dont elle devait se méfier, s'approcha d'elle avec quelques exemplaires de revêtements. En le voyant, costume très seyant et menton volontaire, Piper ne put réprimer un sourire.

Ce que son double avait omis de lui dire, c'était que ce type était terriblement sexy…

— J'arrive tout de suite ! dit-elle au type en lui tournant le dos. Pourquoi ne m'as-tu pas dit qu'il était super-mignon ? chuchota-t-elle dans le téléphone.

— Quoi ? Quelle horreur ! s'offusqua Piper I. Il n'est pas du tout notre genre !

— Bon, bon, bon… dit Piper II. En tout cas, tout se passe bien ici. Ne t'inquiète pas. À plus tard. Salut.

Elle raccrocha rapidement, imaginant Piper I dans la cuisine, en train de regarder le téléphone d'un air perplexe. Puis elle se tourna vers Douglas.

Fichtre ! Ses yeux étaient irrésistibles !

— Bon, voyons ça ! dit-elle en le précédant vers le bar désert.

Le *P3* était heureusement fermé le dimanche soir et les ouvriers pouvaient donc travailler tard dans la nuit, voire jusqu'au lendemain. Piper commençait à penser que ce défilé de mode était la meilleure idée qu'elle ait jamais eue. Cela l'obligeait à entamer la rénovation du club qui était nécessaire depuis longtemps.

— Ça, ce sont les deux sols qu'ils peuvent installer d'ici demain soir, dit Douglas en posant deux échantillons noirs et brillants sur le bar. Celui-ci est plus brillant et sans doute le meilleur choix, mais l'autre est moins cher. Je suppose que vous choisirez le deuxième.

— Qu'est-ce qui vous fait penser ça ? demanda Piper, irritée.

Douglas lui fit un clin d'œil et la considéra d'un air condescendant.

— Eh bien, vous semblez systématiquement prendre le contre-pied de tout ce que je vous suggère. De plus, vous avez l'air de faire des économies de bouts de chandelles, ajouta-t-il avec un petit ricanement.

Piper le fusilla du regard. Pour qui se prenait-il ? Elle commençait à comprendre les recommandations de Piper I. Ce type avait un côté diabolique.

— Écoutez, ces zones VIP sont très importantes pour moi et pour mes clients habitués. Je ne voulais donc pas dépenser des fortunes pour que vous puissiez démolir les murs et les faire disparaître, dit Piper en choisissant l'échantillon le plus cher. Mais si celui-ci est un sol de meilleure qualité, alors c'est celui-ci que je veux.

Pour la première fois, le regard de Douglas se radoucit. Il avait presque l'air impressionné.

— Bien, dit-il en tirant un stylo de la poche de sa veste pour inscrire quelques mots sur son calepin. Je vais passer la commande immédiatement, ajouta-t-il en prenant son téléphone portable.

— Parfait ! dit Piper en s'éloignant du bar.

Comme elle avait un peu de temps devant elle, Piper décida de commencer l'inventaire. Il y avait longtemps qu'elle n'avait pas pris d'avance sur un travail.

Douglas se tourna et commença à composer un numéro, puis il sembla se raviser.

Il se dirigea vers elle.

— Vous savez, vous semblez un peu plus commode ce soir que vous ne l'étiez ce matin, remarqua-t-il.

Piper sourit.

— Mettons que j'ai un peu moins de soucis ce soir, dit-elle.

Je n'en ai d'ailleurs plus que la moitié, ajouta-t-elle en silence.

— J'apprécie le changement, lui dit-il en lui décochant un sourire entendu.

Piper faillit rougir. Le type la draguait ! Elle ne se souvenait pas de la dernière fois qu'un garçon l'avait draguée. Non pas qu'elle ait jamais trompé Léo, mais c'était toujours un hommage agréable, même si l'admirateur en question était plutôt arrogant.

— Voulez-vous que nous dînions ensemble, ce soir ? demanda Douglas.

— Je ne pense pas que ce soit une bonne idée, répondit Piper en lui montrant l'alliance qu'elle portait au doigt.

— Un dîner d'affaires, précisa Douglas en ignorant pratiquement l'alliance. Nous avons beaucoup de détails à mettre au point ensemble.

Piper avait l'impression que Douglas avait autre chose en tête que les affaires, mais ce n'était pas le cas pour elle. Alors, où était le mal ? De plus, le regard admiratif de Douglas lui donnait l'impression d'être attirante, sexy et sûre d'elle-même… et comme n'importe quelle femme, elle adorait cette sensation. Cela changeait de son aura de vieille dame mariée dont elle se sentait enveloppée ces derniers temps.

— D'accord, lui dit-elle. Un dîner d'affaires.

— Super ! Je passe juste ce coup de fil et on y va ! rétorqua-t-il en lui adressant un sourire irrésistible.

Piper se détourna de lui en prétextant de rassembler ses affaires, cachant son sourire. Ses sœurs seraient tellement fières d'elle. Il était temps qu'elle s'amuse encore un peu !

CHAPITRE 5

— Ça fait combien de temps que nous sommes là-haut ? demanda Paige en étirant ses bras.

Elle bâilla à s'en décrocher les mâchoires.

Phoebe se massa la nuque engourdie et huma l'air.

— Des muffins ! Piper doit être en train de préparer des gâteaux. Il est temps de faire une pause chocolat, dit-elle.

Quand elle s'éloigna du lutrin sur lequel reposait le *Livre des Ombres*, elle sentit sa tête tournoyer. Elle jeta un coup d'œil à sa montre et constata qu'elles n'avaient pas bougé de là depuis plusieurs heures. Son estomac protestait énergiquement. Paige, la main sur le ventre, semblait expérimenter les mêmes symptômes. Elles avaient une faim de loup et, pour l'instant, n'avaient trouvé qu'une seule page concernant les vœux et leur annulation. Pour qu'un vœu se réalise, disaient les indications trouvées, il fallait que la personne y mette tout son cœur. Il en allait de même pour revenir en arrière.

De l'avis de Phoebe, tout ceci ressemblait à des recettes de contes de fées.

— J'espère que Piper aura également refait du café, dit Paige. Je vais rester ici pour continuer à chercher.

Je compte sur toi pour me rapporter quelques provisions. Un petit en-cas me ferait le plus grand bien.

— Absolument, répondit Phoebe.

En descendant l'escalier du grenier, sa tête tournait, ses yeux brûlaient de fatigue ou de déshydratation. Décidément, elle n'était pas au mieux de sa forme ! A moins que l'une d'entre elles ait une inspiration soudaine, il y avait de fortes chances que le Pouvoir des Trois reste indéfiniment le Pouvoir des Quatre !

Comme si la maison n'était pas déjà assez pleine comme ça ! pensa-t-elle.

Quelle ironie que ce soit Piper qui, entre toutes, ait commis cette bévue qui avait pour conséquence un avantage personnel aussi évident. En dehors de quelques infractions mineures, Piper avait toujours été la plus prudente, celle qui faisait la morale à Phoebe et à Paige à propos des inconvénients et des dangers potentiels provenant de l'utilisation de la magie à des fins personnelles. Si quelqu'un se hasardait à flirter avec les règlements, Piper était toujours là pour l'arrêter.

Et voilà qu'elle a un double ! pensa Phoebe avec un léger sourire. *Que ne donnerais-je pas pour en faire autant. Je pourrais aider deux fois plus de lecteurs avec ma rubrique ou en envoyer une au travail pendant que l'autre se fait dorloter chez l'esthéticienne…*

À cette idée, Phoebe éclata de rire et entra dans la cuisine quand elle remarqua Piper, l'une des Piper en tout cas, vautrée sur le canapé, devant la télévision, parfaitement détendue, se comportant avec une sérénité déconcertante, comme s'il n'y avait pas une autre Piper quelque part, bouleversant l'ordre cosmique des choses.

Un peu plus tôt, Phoebe et Paige s'étaient demandé où se trouvaient les deux Piper, mais avaient conclu que les jumelles s'occupaient sûrement de leur situation étrange, trouvant peut-être même une solution de leur côté. Paige avait suggéré qu'elles laissent les Piper tranquilles pour l'instant et Phoebe avait acquiescé. Mais en voyant l'une d'elles se prélasser ainsi, devant la télévision, elle se sentit trahie.

— Hé ! dit Phoebe en s'étirant pour dégourdir ses membres ankylosés. Et moi qui croyais que vous alliez nous rejoindre là-haut pour nous donner un coup de main !

— J'ai pensé que vous vous débrouilleriez très bien toutes seules, répondit Piper. Je suis restée là à surveiller les peintres jusqu'à leur départ et j'ai commencé à faire les gâteaux.

— Ah, bon… c'est bien, répondit Phoebe en s'efforçant de garder son calme.

Mais ce n'était pas facile. Paige et elle ne venaient-elles pas de passer des heures à chercher un moyen de réparer les bêtises magiques de Piper ?

— Où est Piper II ?

— Comment savais-tu que j'étais Piper I ? demanda Piper en lui accordant un bref coup d'œil.

— Parce que je ne pense pas que cette fille retirera jamais sa veste de cuir ! répondit-elle sèchement.

Piper sourit et prit une poignée de pop-corn dans le saladier posé sur le sol.

Incroyable ! Pendant que Paige et Phoebe s'abîmaient les yeux à étudier le *Livre des Ombres*, Piper s'amusait avec les peintres, faisait des gâteaux et maintenant elle se goinfrait même en regardant des idioties à la télé…

Retiens-toi, se dit Phoebe. C'était bien que Piper puisse enfin souffler un peu durant ces circonstances un peu difficiles. Mais tout de même !

— Elle est allée au *P3*, dit enfin Piper. Nous avons décidé qu'il serait bon de vite profiter de cette situation pour faire avancer un peu les choses.

— Piper…

— Je sais ! Je sais ! Je me tourne les pouces, en ce moment. Mais cela fait tellement longtemps que je n'ai pas pris une minute pour regarder la télé. Je suis complètement hors du coup !

— Oui, oui… Mais crois-tu que ce soit une bonne idée qu'une autre *toi* se promène en ville, en train de faire on ne sait quelle bêtise ?

— Que va-t-elle faire ? Après tout, elle est moi, non ? Elle ne ferait rien que je ne ferais pas, non ?

Phoebe commença à réfléchir à la question, puis abandonna. Les heures passées à étudier le *Livre des Ombres* lui avaient ramolli la cervelle et tout ce concept de « elle est moi, je suis elle » la dépassait pour l'instant. Elle décida donc de s'attaquer à son deuxième sujet d'inquiétude au lieu d'insister.

— D'accord, mais utiliser la magie à des fins personnelles… ça ne te rappelle rien ? demanda Phoebe en faisant appel à la conscience généralement intransigeante de sa sœur.

Phoebe s'assit sur le canapé, à côté de Piper, et lui cacha la vue de l'écran. C'était une conversation qui méritait un peu plus d'attention qu'elle n'en avait obtenu jusqu'à maintenant.

Piper se redressa et prit un coussin dans ses bras.

— Je sais, reconnut-elle, sans grande conviction. Mais Piper II a eu un argument intéressant, tout à l'heure. J'étais surmenée et au bout du rouleau. J'avais besoin d'aide. Tout cela est peut-être arrivé parce qu'il y avait une bonne raison, non ?

— Piper…

— Non, je suis sérieuse, Phoebe ! Comme ça, mon cerveau ne s'éparpille pas et il m'est plus facile de me concentrer sur les choses vraiment importantes… en particulier les choses surnaturelles.

Comme ce que tu as fait aujourd'hui ? pensa Phoebe sans oser l'exprimer. Ce n'était pas le moment de se disputer !

— Le fait d'avoir Piper II à nos côtés va faire de moi… de nous… de meilleures sorcières qui, à leur tour, pourront aider plus d'innocents. On ne peut pas considérer cela comme un avantage personnel, n'est-ce pas ?

Si on veut… Belle pirouette, pensa Phoebe.

— J'ai l'impression d'entendre mes propres arguments quand j'essaie d'éviter tes sermons, dit-elle.

— Devrais-je prendre cela comme un compliment ? demanda Piper, pleine d'espoir.

— Pas vraiment, non ! rétorqua Phoebe en s'installant plus confortablement sur le canapé.

Tout compte fait, elle était assez soulagée de n'avoir qu'une seule Piper sous son toit. C'était simplement trop bizarre de les avoir dans une même pièce. Phoebe avait du mal à savoir à qui elle parlait et sursautait chaque fois qu'elles répondaient en chœur. Et puis, Piper I avait raison. Piper II était également Piper. Ce n'était pas comme si on pouvait craindre qu'elle fasse n'importe quoi ou qu'elle aille se vanter auprès de la terre entière de ses pouvoirs de sorcellerie…

Et pourtant, Phoebe tenait absolument à résoudre ce problème. Piper était peut-être ravie de cette efficacité accrue, mais ce n'était pas naturel.

— Si seulement Léo était là, dit Phoebe en regardant vers le plafond.

— Il arrivera dès qu'il aura fini là-haut, assura Piper

en tapotant sur le genou de Phoebe avec une certaine condescendance. Ne t'inquiète pas.

— Oui, mais on ne sait toujours rien sur cette histoire d'Etres des Ténèbres, dit Phoebe en tendant l'oreille pour s'assurer que Paige étudiait toujours le *Livre des Ombres* au grenier.

Il n'y avait aucun bruit d'attaque ou de bagarre.

— Cette attente me rend dingue, ajouta-t-elle en se rongeant un ongle.

— Quoi ? Tu préférerais qu'un Etre des Ténèbres se pointe ici ? demanda Piper.

— Non ! Je voudrais seulement savoir ce qu'ils mijotent… et Léo est le seul à pouvoir nous renseigner.

Elle voulait qu'au moins une chose soit réglée : le bazar provoqué par Piper ou bien la menace que représentaient les Etres des Ténèbres. Mais pour l'instant, elle n'était près de résoudre ni l'un ni l'autre de ces problèmes.

— Je suis sûre qu'il ne faut pas s'affoler. Comme tu le disais, si l'Etre des Ténèbres avait voulu s'en prendre à Paige, il aurait essayé de la tuer quand il en a eu l'occasion, dit Piper en portant de nouveau toute son attention sur l'écran. Les Anciens ont dû se mélanger les pinceaux…

— J'espère que tu as raison, répondit Phoebe en se tournant vers sa sœur.

Mais celle-ci était de nouveau scotchée à la télévision.

De toute évidence, Piper ne s'intéressait plus qu'à cela. Alors Phoebe se leva et se dirigea vers la cuisine… et les muffins fraîchement sortis du four.

Toute cette affaire la préoccupait sérieusement. Parfois, il suffisait d'une brève discussion avec Léo pour qu'elle se sente aussitôt mieux. C'était l'un des avantages d'avoir un Etre de Lumière attitré. Et si seulement elle pouvait lui parler de ce qui se passait avec Piper, il pourrait demander conseil aux Anciens et trouver avec eux une solution.

Pourvu que ses réunions de haut niveau se terminent bientôt ! pensa Phoebe en se servant une tasse de café. *Je n'ai jamais eu autant besoin des conseils d'un Etre de Lumière !*

Phoebe entendit Piper éclater de rire devant la télévision et interrompit son geste.

Pour que le vœu réussisse, il faut que la personne le souhaite de tout son cœur. Il en allait de même pour l'annuler.

Était-ce possible ? Piper I et Piper II étaient-elles tellement satisfaites de ce nouvel arrangement qu'elles ne voulaient plus revenir en arrière ? Si tel était le cas, cela expliquait pourquoi le vœu d'inversion n'avait pas fonctionné.

Non ! Non… Il s'agissait de Piper. Elle était forcément pressée de voir toute cette histoire réglée au plus vite. C'était une fille qui aimait que les choses soient en ordre et qui n'admettrait jamais qu'il pourrait être *cosmiquement* correct de laisser deux exemplaires d'elle-même en train de se promener sur la Terre. Elle était bien trop intelligente pour ça.

Installée sur le siège passager de la Thunderbird décapotable noire, modèle rétro, Piper II se délectait. Les cheveux au vent, baignée dans l'excellent jazz diffusé par les haut-parleurs, elle se disait que la journée, qui avait plutôt mal démarré, se terminait finalement assez bien. Le ciel était clair, les étoiles innombrables et l'air d'une douceur agréable. Douglas avait commandé un menu dégustation dans un restaurant gastronomique où les gens normaux devaient attendre des mois pour obtenir une table. Ils avaient été servis comme des princes par un personnel on ne pourrait plus stylé. Maintenant, ils filaient dans les rues de San Francisco, un tantinet trop vite, provoquant des regards admirateurs sur leur passage. Les gens ne semblaient pouvoir détacher les yeux de Douglas et de Piper.

Et pourquoi pas ? pensa Piper. *Nous sommes un couple séduisant dans une voiture irrésistible. Euh... pas vraiment un couple, mais ça, ils ne le savent pas.*

— J'ai une petite surprise, annonça Douglas en s'engageant dans une rue obscure avec un crissement de ses pneus flancs blancs.

Ce type conduisait comme un pro, sans toutefois se prendre au sérieux. Piper, qui paniquait dès qu'elle dépassait la limite autorisée de dix kilomètres à l'heure, était subjuguée par tant de nonchalance.

— Les surprises ont du bon, dit Piper.

Parfois, ajouta-t-elle en silence.

Piper regarda autour d'elle et constata un étrange manque d'éclairage municipal. Ses sens de Charmed se mirent aussitôt en alerte. Tellement de pépins lui étaient déjà arrivés dans les ruelles sombres et les contre-allées ! Elle commençait déjà une crise de paranoïa, se disant que Douglas l'entraînait dans un quartier de la ville complètement déserté, quand elle distingua, un peu plus loin, une foule impressionnante qui s'agglutinait sur le trottoir.

— Que se passe-t-il ? demanda-t-elle.

— C'est ce nouveau club, *Bulles*, lui dit Douglas en garant la voiture dans le virage tandis que quelques douzaines de têtes se retournaient pour voir les nouveaux arrivants. Rinaldo y reçoit quelques amis, ce soir.

— Quoi ? Rinaldo va chez mes concurrents ? s'offusqua Piper.

Un préposé au parking vint ouvrir sa portière mais, la mine renfrognée et les bras croisés, elle ne bougea pas.

— Il est hors de question que j'y aille ! ajouta-t-elle.

— Ne fais pas l'enfant, Piper, dit Douglas en jetant les clés au voiturier dès qu'il fut sorti de la voiture. Il faut que tu y ailles. Tu ne veux pas voir ce que fait la concurrence ?

Il avait raison. Piper considéra un instant la foule et laissa échapper un soupir résigné. Autant admettre que la curiosité la taraudait. Il devait y avoir des centaines de personnes, sans doute tout le gratin chic de San Francisco, réuni comme pour un concours d'élégance. Qu'est-ce qui pouvait attirer une telle faune un dimanche soir ?

Peut-être devrais-je reconsidérer toute ma politique de fermeture dominicale, pensa Piper.

Un groupe de dix filles et deux garçons s'approchèrent d'un videur à la corpulence effrayante. Il décrocha le cordon, laissa passer la plupart des filles, mais tendit le bras pour que les garçons et les deux dernières femmes ne puissent pas entrer. Ceux qui attendaient encore éclatèrent de rire tandis que les infortunés revenaient tristement sur leurs pas. Piper ne supportait pas que les clubs opèrent une telle discrimination. Jamais elle ne refoulerait des gens à cause de leur apparence ou de leur tenue vestimentaire, mais elle se demandait à quoi pouvaient ressembler ceux qui avaient été acceptés.

— Très bien, dit-elle finalement en posant un pied sur le sol. Mais je ne suis pas vraiment habillée pour ce genre d'endroit.

Elle portait toujours la robe stricte qu'elle avait

enfilée pour l'interview avec Gina, dans l'après-midi, et des escarpins pas trop hauts. La seule touche un peu originale de sa tenue était la veste en cuir.

— Ne t'inquiète pas, ils nous laisseront entrer, dit Douglas en lui offrant le bras.

Elle s'attendait à ce qu'il lui déclame un chapelet de compliments sur sa beauté, qu'il dise qu'elle séduirait forcément les videurs, mais elle se rendit vite compte de son erreur.

— Tu es avec moi et je suis sur la liste des invités, lui dit-il avec suffisance.

Piper jeta un bref coup d'œil à son portable pour vérifier que personne n'avait essayé de la joindre. Elle fut surprise, positivement, qu'il n'y ait eu aucune urgence, surtout avec ce qui s'était passé en début d'après-midi. Cela dit, s'il était arrivé quelque chose, il y aurait eu une autre Piper pour s'en occuper. Inutile, donc, qu'on vienne la déranger !

Ses sœurs n'avaient-elles donc plus besoin d'elle ? Une légère tristesse l'effleura. En tant qu'aînée, il était déconcertant de ne plus se sentir indispensable.

Douglas tira sur son bras et elle jeta vite son téléphone dans son sac à main. Elle penserait à tout cela plus tard !

Piper et Douglas traversèrent la foule excitée et le videur les évalua d'un œil exercé avant de consulter sa liste. Piper rougit quelque peu sous son regard, sachant qu'il devait se demander ce que venait faire ici une mère de famille, à une heure aussi tardive, un dimanche soir de surcroît ! Douglas releva le menton et attendit que le colosse pousse un petit grognement avant de s'effacer pour les laisser passer. La foule, derrière eux, fit quelques commentaires et se pressa encore davantage contre la porte quand le couple fut autorisé à entrer. Piper devait admettre qu'elle se sentait plutôt fière de figurer parmi les élus, même s'ils étaient passés parce qu'ils figuraient simplement sur la liste d'invités.

Une fois à l'intérieur, elle comprit très vite pourquoi le club s'appelait *Bulles*. Des bulles chatoyantes envahissaient tout l'espace, sortaient des murs, montaient du sol, dégringolaient du plafond. Le propriétaire avait dû dépenser une vraie fortune en machines à fabriquer des bulles, sans parler des litres de savon liquide ! Tandis que Douglas entraînait Piper à travers la foule compacte en train de se déhancher sur la piste de danse circulaire qui tournait comme un immense disque, des bulles venaient éclater contre son visage, chatouillant sa peau. Elle ne put s'empêcher de rire, tant cette sensation était agréable, revigorante.

Des disques multicolores décoraient les murs noirs ou pendaient un peu partout, suspendus au plafond par des fils invisibles. Une serveuse sur rollers passa à côté d'eux, tenant en équilibre un plateau d'argent chargé de petites bouteilles bleues d'eau pétillante, garnies chacune de pailles de couleur différente. Piper aurait parié que sa robe était faite en papier bulle.

Tous les fauteuils et les canapés le long des murs avaient des dossiers et des sièges ronds. Le sol était jonché de tapis ronds, aux couleurs vives, et même le bar était construit en verre, avec des milliers de bulles tourbillonnant dans un liquide translucide. En passant, Piper aurait juré voir quelques-uns de ses clients habituels du *P3* en train de se rafraîchir en se servant, par poignées, de chewing-gums offerts dans des jattes circulaires tout le long du comptoir.

Les traîtres ! pensa Piper. Mais elle eut du mal à entretenir les flammes de son indignation. Si elle était tout à fait honnête envers elle-même, elle pourrait comprendre pourquoi tant de personnes se bousculaient pour entrer ici. L'endroit était terriblement cool !

Paige et Phoebe adoreraient voir ça, pensa Piper en se demandant si elle devait leur passer un coup de fil pour les inviter à venir faire un tour. Mais elle renonça à cette idée. Ses sœurs s'occupaient de choses bien plus importantes, pour l'instant. Des choses auxquelles Piper II ne voulait pas vraiment penser. Pas quand tout le monde autour d'elle semblait s'amuser avec tant d'insouciance.

Douglas passa à travers un rideau composé de milliers de perles transparentes et Piper aperçut Rinaldo entouré de sa cour à l'autre extrémité d'une petite pièce ronde. Des photographes, des mannequins et autres groupies gravitaient autour de lui. Certains tentaient apparemment de le copier et au moins trois hommes s'étaient rasé le crâne et attifés de bérets. Un peu à l'écart, une fille envoyait des bulles par une longue tige, puis essayait de les attraper sur sa langue.

— Piper ! Douglas ! Vous êtes là ! s'écria Rinaldo en apercevant le couple qui venait d'entrer.

Il embrassa l'air à côté des joues de Piper et la saisit par les épaules en plongeant son regard dans le sien.

— Crois-moi, je suis uniquement venu ici parce que ton club n'était pas ouvert ! Celui-ci ne lui arrive pas à la cheville… une insignifiante bulle d'air… ha, ha, ha !

Son rire chevalin retentit malgré la musique rythmée qui parvenait jusqu'à eux.

— Je ne suis pas d'accord, dit-elle avec tact en jetant un coup d'œil autour d'elle. Je trouve cet endroit super !

— Quelle modestie ! répliqua Rinaldo en levant les

yeux au plafond avec une expression de papa fier sur le visage.

Piper ne put réprimer un sentiment de malaise. Après tout, elle connaissait cet homme depuis peu et ne savait même pas si Rinaldo était son prénom ou son nom. Cette espèce d'intimité forcée, que semblaient partager tous ces gens, ne leur était-elle pas un peu… pesante ?

— J'adore cette nana ! annonça Rinaldo à la petite assemblée en attirant Piper contre lui.

Autour d'eux, tous levèrent leur coupe en signe d'ovation. Piper, d'abord très ennuyée d'être ainsi tenue contre le flanc de Rinaldo, se mit tout à coup à sourire sans retenue. Eh bien, soit ! Une admiration aveugle n'était finalement pas si désagréable que ça ! Cela ne ressemblerait certes jamais à l'amour fou ou à une émotion sincère, mais à quand remontait la dernière occasion où des anonymes l'avaient félicitée ou regardée avec envie ou admiration ? Seul le sourire de Douglas semblait empreint d'une espèce de sarcasme, comme s'il savait que les sentiments qui circulaient dans la petite pièce n'étaient pas plus profonds qu'une flaque d'eau après la pluie.

Piper se rendait compte qu'il avait raison, mais décida de s'en délecter malgré tout.

— Vous ne trouvez pas cette nana géniale ? cria Rinaldo en provoquant une autre clameur. À Piper ! ajouta-t-il en levant sa coupe de champagne.

— À Piper ! s'écrièrent quelques dizaines de personnes qu'elle n'avait jamais rencontrées, en levant leur coupe en son honneur.

Quelqu'un lui mit une nouvelle coupe de champagne dans la main et la mousse déborda, se répandant sur le sol. Piper leva timidement son verre, jouant le jeu, puis en but une gorgée. Ce champagne était fabuleux, si léger, si doux… Les papilles expertes de Piper lui apprirent que Rinaldo et ses amis avaient l'habitude des bonnes choses. Sans doute des bouteilles à cent dollars ! Elle prit une autre gorgée et son verre fut de nouveau rempli.

— À… À Piper ! cria une femme qui avait probablement déjà beaucoup bu.

Et tous répétèrent ces mots avant de porter un autre toast.

Piper sourit. Tout cela avait peut-être l'air complètement ridicule, mais elle n'avait pas envie de jouer la trouble-fête. Et puis, comment ne pas se laisser emporter par cette ambiance ? Si Rinaldo l'adorait et que tous les autres en faisaient autant, pourquoi ne pas en profiter un peu ? On ne l'applaudissait pas ainsi tous les jours !

— Venez, dit une superbe créature blonde aux formes d'amazone en la prenant par le bras. Venez danser avec nous !

Piper chercha un endroit pour poser son verre.

— Je ne crois pas…

— Allez, venez ! La soirée vient à peine de commencer ! insista un autre mannequin aux jambes sublimes et interminables. On y va, Piper ! Il faut vous éclater un peu, voyons !

Elle trouvait cela bizarre que des étrangers l'appellent par son prénom, mais leur enthousiasme était contagieux et, en riant de leur empressement, elle se laissa finalement entraîner jusqu'à la piste de danse par les deux femmes qui la dominaient d'une bonne tête. Elle jeta un regard suppliant à Douglas pour qu'il vienne à son secours, mais il se contenta de lui adresser un sourire narquois tandis qu'elle disparaissait derrière le rideau de perles. Piper n'en fut pas surprise. Elle ne s'attendait pas à ce que ce type vienne l'aider. Après tout, il n'était pas son homme.

Encore heureux ! pensa-t-elle.

Cependant, elle lui devait une certaine reconnaissance. Sans lui, elle ne serait jamais venue ici. Et elle trouvait cet endroit génial. Vraiment.

Le rythme endiablé de la musique attaqua aussitôt ses tympans et la foule semblait exploser d'énergie. Piper fut vite aspirée dans la masse déchaînée. Au début, elle eut quelques difficultés à trouver son équilibre sur la piste mais une fois dans le bain, elle se mit à danser avec autant de frénésie que les autres. Toutes traces de tension qui restaient encore après le stress du matin furent noyées dans les pulsations de la musique techno.

Quand Rinaldo arriva pour rejoindre les filles, la foule forma un cercle respectueux autour d'eux. Piper continuait à danser, entourée de bulles qui explosaient à son contact. Ses cheveux commençaient même à devenir très collants. Mais cela lui était parfaitement égal. Excitée comme une puce, elle ne cessait de rire. Cela faisait des années qu'elle dirigeait un club et avait depuis longtemps oublié combien on pouvait s'amuser en tant que simple client. Il était tellement reposant de ne pas avoir à s'inquiéter de la musique, des serveurs et des seaux de glace sur le bar…

Il commence à se faire tard, lui dit une petite voix. *Tu devrais rentrer au Manoir pour savoir si Phoebe et Paige ont trouvé une solution.*

Mais cela pouvait attendre, n'est-ce pas ? Elle s'amusait tant ! Et puis, il y avait une autre Piper à la maison pour s'occuper des phénomènes surnaturels. Et cette Piper avait des sœurs pour l'aider. C'était une coopération qui avait toujours fonctionné jusqu'ici, alors pourquoi changer ?

Cette autre Piper n'a qu'à assumer ses responsabilités, pensa Piper, se sentant terriblement égoïste tout en y prenant goût. Contrairement à tout à l'heure, elle était profondément soulagée que sa famille n'ait pas besoin d'elle, que quelqu'un d'autre se charge des soucis, pour changer. Elle s'éloigna de la piste de danse pour passer un bref coup de fil à la maison. Les filles n'avaient rien de neuf à lui annoncer, mais Piper estima avoir fait son devoir.

Pour cette Piper, il était temps de s'amuser.

CHAPITRE 6

— Alors ? Vous trouvez quelque chose ? demanda Piper I en arrivant dans le grenier où ses sœurs étaient installées sur le canapé, le *Livre des Ombres* ouvert en grand sur les genoux.

Des bouts de papier froissés jonchaient les coussins et le parquet, et Phoebe était penchée sur une feuille encore vierge, étudiant un sortilège en se triturant les lèvres. D'un geste nerveux et entre deux gorgées de café, Paige tapait sur le bord du livre avec un stylo.

— Pas vraiment ! répondit Phoebe en tournant la page. J'ai retrouvé le sort qu'avait utilisé Prue il y a quelques années pour se reproduire en triple exemplaire, mais cela ne nous servira à rien puisque ses clones devaient disparaître une fois leur mission terminée. Toi et ton double, vous n'avez pas de mission, ajouta-t-elle en levant la tête vers Piper.

— À moins que notre mission ne consiste à me simplifier la vie, ce qui est effectivement le cas.

Elle s'installa en face de ses sœurs qui échangèrent un regard interloqué, lourd de sens, que Piper préféra ignorer.

— Vous ne croyez pas que le vœu a fonctionné pour une raison bien particulière ? continua-t-elle. Le cosmos a peut-être senti que j'avais désespérément besoin d'aide.

— Je ne le crois pas, Piper, dit Paige. Nous sommes tous stressés un jour ou l'autre, mais le cosmos ne nous envoie pas un double pour nous donner un coup de main, tu sais !

— Oui, je sais, mais c'est plutôt sympa, non ? reprit Piper.

Phoebe et Paige se consultèrent du regard.

— Écoute, Piper ! finit par dire Paige. Nous aimerions te demander quelque chose.

— Quoi ?

— Quand Piper II et toi avez souhaité ne former plus qu'une seule personne… est-ce que vous vouliez sincèrement y arriver ?

— Bien sûr que oui ! Comment peux-tu seulement me poser cette question ?

— C'est juste une théorie, expliqua Phoebe. Nous avons trouvé quelque chose qui dit qu'il faut souhaiter quelque chose de tout son cœur pour que le vœu se réalise.

— Et comme tu as l'air très… contente d'avoir un double…

— Mais non, voyons ! protesta Piper. Je dis que c'est pratique, mais dès l'instant où nous trouverons un moyen d'arranger ça, je suis partante. Faites-moi confiance !

Phoebe et Paige semblèrent soulagées. Mais Piper se sentait offensée qu'elles doutent ainsi d'elle. Ne la connaissaient-elles donc pas mieux que cela ?

Piper prit une longue inspiration et soupira. Pourquoi ne pouvait-on pas la laisser profiter de sa liberté tant que cela durait ? Le fait d'être une Charmed avait privé Piper de beaucoup de choses, durant toutes ces années. Cela lui avait également beaucoup apporté : Léo et Paige, ainsi que la satisfaction de débarrasser le monde d'êtres maléfiques. Mais à quel prix ? Elle ne voyait plus les autres membres de leur famille, n'avait plus d'amis, de vie personnelle. Jamais plus elle ne pourrait se sentir en sécurité, car à tout instant un démon pouvait l'attaquer. Piper II était comme un cadeau, pour elle. Une récompense pour tous les sacrifices qu'elle avait consentis, jour après jour. Et elle le méritait, même si ce n'était que temporaire.

Phoebe ouvrit la bouche pour dire quelque chose, mais le téléphone sonna. Piper se précipita pour répondre, sauvée par le gong :

— J'y vais !

Elle descendit l'escalier en courant, heureuse d'échapper à l'atmosphère de reproches qui régnait au grenier, pour l'instant. Elle ne voulait surtout pas entendre d'autres arguments lui signifiant que tout cela était une bêtise. Elle s'élança dans sa chambre et décrocha le téléphone, essoufflée.

— Allô ?

— Puis-je parler à Piper Halliwell, s'il vous plaît ? demanda poliment une voix féminine.

— Oui, c'est elle-même.

L'une d'entre elles, en tout cas, pensa Piper en souriant.

— Piper, c'est Gina du *San Francisco Chronicle*. Je voulais encore vous remercier pour l'interview de cet après-midi.

Le cœur de Piper fit une cabriole. Ce n'était pas elle qui avait vu la journaliste, mais Piper II. Et si elle faisait allusion à ce qu'avait pu dire son double ? Elle n'avait aucune idée de ce qui s'était échangé pendant le déjeuner !

— Êtes-vous toujours là ? demanda Gina en maudissant son portable à voix basse.

— Oui, oui, je suis là ! rétorqua vite Piper en collant le téléphone à son oreille des deux mains. Je vous en prie, c'était vraiment très... sympa.

Enfin, c'est ce que je crois, pensa-t-elle. *Pourvu que cela se soit bien passé !*

— Je sais ! J'ai adoré, répondit Gina au grand soulagement de Piper. Et, entre vous et moi, je pense que vous n'aurez aucune difficulté à décrocher le prix !

— Vraiment ? Voilà une excellente nouvelle ! s'enthousiasma-t-elle.

— Enfin, je sais que *ma* recommandation sera dithyrambique, en tout cas ! lui assura Gina. Peut-être pourrons-nous recommencer, à l'occasion. J'adorerais vous revoir. J'ai parlé à mes amis de quelques restaurants mal connus dont vous m'aviez dit tant de bien et ils ont hâte de les essayer.

Oh, mon Dieu ! Quels restaurants ? se demanda Piper.

Mais elle sut aussitôt que Piper II avait probablement mentionné Bania's, The Frog and The Peach, sans parler du Takima Grill... Les trois favoris de Piper.

Après tout, les deux Piper ne partageaient-elles pas les mêmes goûts ?

— Absolument, dit-elle. Le vendredi, il n'y a que les spécialités du chef au menu du Bania's. C'est super ! Nous pourrions y aller la semaine prochaine.

— N'avez-vous pas un important défilé de mode à préparer pour samedi soir ?

— Oh, je pourrai sans doute m'organiser, dit Piper en souriant.

— C'est vraiment génial ! Je vous rappellerai plus

tard dans la semaine pour prendre rendez-vous ! lança Gina, enthousiaste.

— Parfait, dit Piper en se disant que cette femme se comportait comme une vieille amie alors qu'elle ne l'avait jamais vue.

Piper II avait dû lui faire un effet du tonnerre pour non seulement mériter le premier prix, mais également leur gagner une nouvelle amitié.

Piper sentit soudain une délicieuse chaleur envahir son cœur. Gina avait l'air tellement gentille. Sans oublier qu'elle lui assurait pratiquement le Prix de la meilleure femme d'affaires de l'année ! Ce serait tellement amusant d'être enfin reconnue pour tout le travail qu'elle avait fourni au *P3* ! Et tout cela grâce à Piper II !

C'était tellement génial d'avoir un double !

— Eh bien, mille fois merci, Piper ! conclut Gina. Je vous rappellerai.

— Super. C'est moi qui vous remercie ! dit Piper avant de raccrocher.

C'est impec ! pensa Piper en souriant tandis qu'une bulle de fierté s'épanouissait dans son cœur. Elle s'engagea dans l'escalier, mais s'arrêta à mi-chemin. Ces nouvelles méritaient d'être partagées avec ses sœurs, mais elle n'avait pas vraiment envie de remonter dans le grenier. Vu leur humeur, elle avait l'impression que ses sœurs auraient du mal à atteindre un niveau d'enthousiasme égal au sien. Elles étaient tellement stressées et inquiètes en ce moment… Et Piper n'avait aucune envie d'en arriver là elle-même. Elle voulait être heureuse de ce qui lui arrivait.

Pensant les rejoindre un peu plus tard, Piper retourna dans sa chambre et appela Léo. Il serait peut-être entre deux rendez-vous et pourrait descendre un instant pour fêter ce succès avec elle. Après avoir prononcé son nom, elle attendit quelques minutes, mais Léo ne venait toujours pas.

— Léo ! répéta-t-elle à mi-voix, les yeux fixés sur le plafond. Allez, Léo ! Tu exagères, là !

Mais il n'y eut pas de réponse. Piper ressentit une légère inquiétude, mais la repoussa. Après tout, Léo les avait prévenues. Il n'y avait pas de quoi s'affoler. Elle aurait largement l'occasion de lui raconter ses succès de la journée.

Sur sa table de nuit se trouvait un livre qu'elle avait envie de lire depuis longtemps. Elle le prit, essuya la poussière qui s'était posée sur la couverture puis s'installa sur le lit en se calant le dos avec les oreillers. Elle allait en lire un chapitre ou deux avant de rejoindre ses sœurs dans le grenier ou essayer de rappeler Léo. Il finirait bien par l'entendre.

Elle ne parvint cependant pas à se concentrer sur sa lecture et finit par refermer son livre.

— Léo ! Coucou ! Je suis seule dans notre chambre à coucher ! chantonna-t-elle.

Mais toujours rien. Elle se laissa aller contre ses oreillers et rouvrit le livre. Quelle que soit la nature de leurs réunions, là-haut, elles devaient vraiment être très importantes !

Entouré de ses amis Etres de Lumière, Léo se tenait à la sortie du Grand Hémicycle. Ils profitaient d'une courte pause entre d'interminables réunions. Un peu plus loin, d'autres Etres de Lumière devisaient à voix basse, en marchant pour s'étirer après les heures d'immobilité qui leur ankylosaient les jambes. Les réunions duraient bien plus longtemps que prévu et, bien qu'ils fussent les êtres les plus patients de l'univers, ils commençaient tous à en avoir assez.

Depuis que Mariah avait annoncé l'offensive des Etres des Ténèbres, l'inquiétude taraudait Léo. Une fois les Etres de Lumière installés dans le Grand Hémicycle, les appels venant de leurs protégés étaient bloqués. Par conséquent, si les filles avaient essayé de le contacter, il n'avait pas pu les entendre. S'il était arrivé quelque chose, il espérait que l'une d'elles l'appellerait maintenant, pendant la pause. Dans ce cas, il serait autorisé à se rendre auprès d'elles. En attendant, il pouvait seulement espérer avoir des nouvelles de Lauren ou des Anciens.

Jetant un coup d'œil autour de lui, Léo tenta de repérer l'un des Sages, mais ils semblaient s'être tous éclipsés. Il n'y en avait aucun en vue. Était-ce mauvais signe ou désiraient-ils seulement discuter entre eux ? Il avait besoin de savoir si Lauren avait réussi à transmettre à Paige le message concernant les Etres des Ténèbres et si les Sages avaient eu d'autres nouvelles depuis.

Cette attente le rendait fou. Il avait besoin d'être rassuré.

— Tout ça pour décider s'il faut ou non créer un poste de Sage supplémentaire ! dit Barnabus, un vieil ami et collègue, en bâillant. Pourquoi faut-il qu'ils compliquent toujours tout !

Shana, un Etre de Lumière plus ancien, répondit avec un sourire apaisant :

— Il y a des règlements à respecter, des procédures à suivre, dit-elle d'une voix calme. Ces procédures ont bien fonctionné pendant des milliers d'années. On ne devrait pas les remettre en question.

— Je ne sais pas. Je pense que Barnabus a raison,

dit Léo en essayant de se concentrer sur la conversation. Peut-être devrions-nous revoir ce système. Il n'a pas besoin d'être aussi rigide.

— Tiens ! Je ne suis pas surprise de voir notre petit rebelle en guerre contre les règlements, plaisanta Shana.

Léo rougit légèrement et baissa les yeux. Les autres Etres de Lumière le taquinaient souvent parce qu'il avait épousé Piper. Ils avaient affronté des situations dramatiques et souvent déchirantes pour pouvoir être ensemble. Mais tout cela en avait valu la peine. Non seulement pouvait-il être avec la femme de ses rêves, mais leur mariage avait également changé à jamais les règles. Grâce à Léo et à Piper, et à la réussite de leur mariage, d'autres Etres de Lumière pourraient dorénavant construire leur avenir sans avoir à se battre. Qu'ils tombent amoureux de mortels ou de sorcières.

— Je pense simplement qu'il est temps de sérieusement les revoir, dit Léo avec un sourire timide en surveillant la foule, à la recherche d'un Ancien.

Il se passait quelque chose de bizarre. Il pouvait le sentir. En ce moment, Léo se serait même contenté d'un bref aperçu de la chevelure de Lauren, mais il n'avait vu aucun des Etres de Lumière novices depuis le début de la réunion.

— Les changements ont parfois du bon, ajouta-t-il.

— Oui. Après tout, tu as une femme, maintenant ! plaisanta Barnabus en tapant sur l'épaule de Léo.

— Léo !

Piper ! pensa Léo en entendant la voix de son épouse dans son esprit. Dès qu'il la reconnaissait, son cœur battait plus fort. C'était une sensation agréable, même après toutes ces années. De plus, elle ne semblait pas en détresse, ce qui voulait également dire que

Paige allait probablement bien. Le soulagement le submergea comme une onde tiède et il sourit.

— Qu'y a-t-il ? demanda Barnabus.

— Il faut que j'y aille, répondit Léo en adressant un sourire d'excuse à ses amis.

Il retira sa tunique, se disant qu'il ferait bien d'aller faire un tour pour vérifier si tout allait bien. Piper n'avait peut-être pas l'air inquiète, mais elle avait dû l'appeler pour une raison ou une autre.

— Qui est-ce ? demanda Shana avec un sourire malicieux.

— C'est Piper. Je reviens tout de suite.

— Ah ! Quand le devoir t'appelle… commenta Barnabus avec un sourire entendu en prenant la tunique pour la lui garder pendant son absence.

Léo s'apprêtait à se téléporter quand un remue-ménage sur sa gauche attira son attention. Tous les Etres de Lumière s'effaçaient pour laisser passer quelques Sages qui se dirigeaient d'un pas rapide vers le groupe d'amis. Une boule d'angoisse se forma dans la gorge de Léo. Peu lui importait que les Anciens le surprennent en vêtements civils. De toute évidence, il se tramait des choses bien plus importantes.

— Léo, dit Shia sur un ton grave. Il faut qu'on te parle.

— Qu'y a-t-il ? demanda-t-il en suivant les Anciens à l'écart.

Barnabus et Shia échangèrent un regard inquiet, mais ils savaient qu'ils ne devaient pas les suivre à moins qu'on ne le leur demande expressément.

Il y eut de nouveau un appel de Piper et il fut peiné de ne pas pouvoir lui répondre.

— C'est au sujet de Lauren, dit Mariah en s'avançant vers lui. Elle n'est jamais revenue de sa mission.

Le sang de Léo ne fit qu'un tour.

— Quoi ? Que s'est-il passé ?

— Nous croyons qu'un Etre des Ténèbres a réussi à l'attaquer avant qu'elle puisse transmettre son message, expliqua Shia.

— Ils doivent être en train de surveiller le Manoir. J'y vais immédiatement, dit Léo, très résolu.

— Oui, fais-le ! lui dit Mariah. Mais reviens tout de suite ici avec Paige. Ton intuition était sans doute exacte, les Etres des Ténèbres doivent fomenter une action contre les Charmed. Nous devons garder Paige en sécurité jusqu'à ce que ce danger soit passé.

Vous auriez dû m'écouter dès le début, pensa Léo. Mais il préféra se taire. Le moment était mal choisi pour des chamailleries mesquines. Il salua les Anciens d'un hochement de tête avant de se téléporter vers le Manoir Halliwell. Il ne pensait plus qu'à une seule chose : se rendre auprès de sa famille pour la protéger. Il concentra son esprit sur la chambre à coucher qu'il partageait avec Piper.

À l'instant même où il initia son transfert, il comprit que quelque chose n'allait pas. Normalement, il lui suffisait d'une fraction de seconde pour se retrouver sur son lieu de destination, où qu'il soit. Mais durant ce *voyage*, il eut l'impression que quelque chose l'agrippait, le retenait, comme s'il était pris dans un filet géant. Léo tenta de se reconstituer, de reprendre sa forme tangible, mais en vain. Il avait beau tirer sur la substance élastique qui semblait l'envelopper, il ne parvenait pas à s'en libérer.

Bon sang ! Que se passe-t-il ? pensa-t-il en commençant à paniquer. *Qu'est-ce que c'est que ce truc ?*

Durant toutes ces années passées en tant qu'Etre de Lumière, il n'avait jamais ressenti cela. Il avait l'impression de ne plus pouvoir respirer. Tout à coup, il se sentit jeté en arrière et crut être aspiré à travers l'éther. Incapable de se contrôler, il filait, rebondissait, volait à travers l'espace.

Piper ! Piper ! Au secours ! cria-t-il désespérément, tout en sachant que cela ne servait à rien. Sans voix, il n'avait que ses pensées pour communiquer. De toute façon, elle serait incapable de l'entendre. Seul, effrayé et ne pensant qu'à la sécurité de Paige, Léo volait de plus en plus vite, tourbillonnant comme une toupie, totalement désorienté, puis il finit par perdre conscience.

Le livre ouvert sur les genoux, adossée contre les coussins de son lit, Piper sentit ses paupières s'alourdir. Elles se fermèrent à plusieurs reprises et elle secoua la tête, s'efforçant de rester éveillée. Elle avait commis une grave erreur en enfilant son pyjama. C'était comme si son cerveau avait été programmé pour se déconnecter dès que sa peau entrait en contact avec la soie. Mais Léo n'avait toujours pas donné signe de vie alors qu'elle en était déjà au chapitre cinq. Cela ne lui ressemblait pas. Même s'il ne restait pas avec elle, il passait au moins un instant en sa compagnie avant l'heure du coucher. Peut-être y avait-il réellement un problème ?

Soudain, son esprit aperçut l'Etre des Ténèbres qu'elles avaient rencontré un peu plus tôt. Il se tenait au-dessus de sa victime et riait. Mais cette fois, la personne à ses pieds n'était pas la jeune fille blonde. C'était Léo.

Ça suffit, arrête ! se dit-elle.

Elle s'efforça d'ignorer l'impression désagréable qui envahissait son cœur. Changeant de position, elle s'allongea sur le flanc, la tête posée sur la main, le livre ouvert devant elle. *Tout va bien, alors tu te sens obligée d'imaginer des problèmes. Léo n'est pas mort sur le seuil de ta chambre. Il n'a sans doute pas pu s'éclipser de la réunion, c'est tout.*

Oui, c'était cela. Léo était prisonnier de toutes ces assemblées et Piper devenait simplement trop nerveuse. Il pouvait arriver d'une minute à l'autre et se glisser directement dans leur grand lit. Il la prendrait dans ses bras et lui donnerait un délicieux baiser. D'une minute à l'autre…

Piper leva les yeux vers le plafond, se demandant si Paige et Phoebe se trouvaient toujours au grenier. Si elle montait leur parler, elles la rassureraient peut-être, lui disant que Léo allait bien et qu'elle était simplement paranoïaque. Mais Piper avait évité de retourner dans le grenier durant toute la soirée. Certes, elle serait obligée de redevenir une Piper unique, un jour, mais elle n'était pas obligée de les aider à trouver le moyen d'y parvenir. Pas quand elle pouvait encore tirer parti de la situation !

Tiens… À propos… pensa Piper en jetant un coup d'œil au réveil. Il commençait à se faire tard et elle n'avait toujours aucune nouvelle de Piper II. La pauvre était sans doute encore en train de revoir avec Rinaldo et son entourage les détails innombrables de la soirée. À l'heure qu'il était, ils avaient probablement exigé des toilettes séparées et de rebaptiser le club « Chez Rinaldo ».

Piper décida de passer un coup de fil à Piper II pour voir comment elle se débrouillait. Et puis, entendre ces histoires loufoques sur Rinaldo la tiendrait éveillée ! Sans oublier que Piper II était la mieux placée pour l'aider à chasser cette impression désagréable au sujet de Léo. Tout ce dont elle avait besoin, c'était d'être un peu rassurée.

Piper saisit le téléphone et composa le numéro de son propre portable. Dès la première sonnerie, la messagerie se déclencha. Après le bip, elle se laissa un message. Encore une bizarrerie dans une journée pleine de bizarreries.

— Salut, Piper, c'est moi, Piper ! dit-elle en souriant. Je voulais juste voir comment ça se passait. Aucune urgence. Rappelle-moi simplement quand tu trouveras ce message.

En raccrochant, elle se sentit terriblement seule et vidée.

Allons, secoue-toi, ma vieille ! pensa-t-elle. *Tout ce que tu désirais, au cours de ces dernières semaines, c'était un peu de temps pour souffler. Et maintenant que tu l'as obtenu, tu te plains !*

Elle soupira et replongea son nez dans le livre, espérant se perdre dans ses pages. Mais elle n'avait pas lu trois phrases quand, une fois de plus, ses paupières se fermèrent. Elle bâilla, se débattit, mais rien n'y fit. Même avec la précieuse collaboration de Piper II, la journée avait été très longue et riche en émotions. La fatigue la submergeait.

Allez, Léo... Où es-tu ? pensa-t-elle en se laissant glisser dans le sommeil. *D'une minute à l'autre,* répéta son esprit. *D'une minute à l'autre...*

CHAPITRE 7

Piper et Léo étaient allongés dans un grand lit blanc, se frottant le nez, s'embrassant, se murmurant des douceurs à l'oreille. Piper se sentait divinement bien, en paix avec le monde. Il n'y avait aucune raison de quitter ce lit, rien ne la préoccupait. Rien que Léo et elle, parfaitement heureux !

Une porte s'ouvrit et Piper vit une femme qui traversait la pièce en portant un plateau chargé de mets délicats. Le visage de la femme était d'abord caché derrière l'écran de ses longs cheveux noirs mais, quand elle se tourna pour poser le repas devant Piper et Léo, Piper se rendit compte que cette femme qui les servait n'était autre qu'elle-même.

Cela ne la surprit pas le moins du monde. Elle remercia son double et la renvoya. Léo souleva une cloche en argent pour révéler une pile de crêpes aux myrtilles. Ensemble, ils inhalèrent ce parfum terriblement appétissant.

— Mmmm... tu es une cuisinière remarquable, lui dit Léo en plantant un autre baiser sur ses lèvres.

La porte s'ouvrit de nouveau et une autre Piper entra. Celle-ci portait un grand trophée qu'elle posa au pied du lit avec un large sourire. Piper lut la plaque gravée à la base de la coupe : Piper Halliwell, Femme d'affaires de l'année.

Le cœur de Piper se gonfla de fierté. Puis une autre Piper entra. Elle s'arrêta et posa un sac empli d'argent à côté de la coupe, l'argent du défilé de mode de Rinaldo. Aussitôt entra une autre Piper avec une pile de dossiers bien organisés à la main. Tous les papiers de Piper triés et classés par ordre alphabétique. Une autre Piper entra en présentant un immense ruban bleu où s'inscrivait en lettres d'or : « Merci de toute votre aide pour la soirée des Stars en herbe ».

Piper sourit tandis que toutes les Piper l'entouraient. Léo dévorait des yeux sa femme merveilleuse et parfaite. Et tout cela sans qu'elle ait eu besoin de lever le petit doigt ! La vie de Piper était simplement fabuleuse…

Le réveil sonna et Piper se réveilla, un sourire aux lèvres. Elle n'ouvrit pas les yeux immédiatement, préférant s'attarder dans le flou délicieusement chaud qui régnait entre le rêve et l'éveil. Le songe avait disparu, mais grâce à lui elle se sentait détendue, heureuse et sereine. La vie était tout simplement parfaite.

Etirant les bras sur les côtés, elle laissa échapper un grognement de satisfaction et se roula sur le dos. Elle sursauta, le cœur battant à cent à l'heure. Quand elle s'était étirée, sa main n'avait pas touché de corps tiède. Léo n'était pas dans le lit avec elle. Elle cligna rapidement des yeux pour effacer le sommeil qui les encombrait encore. À en croire l'oreiller encore bien gonflé et les couvertures impeccables du côté de Léo, celui-ci n'avait pas dormi à ses côtés.

Cela n'était pas normal. Piper s'efforça de réfléchir, de se souvenir si Léo était passé la voir au cours de la nuit. Malgré son esprit encore embrumé, elle sut qu'il ne l'avait pas fait. S'il l'avait réveillée, elle s'en souviendrait.

— Léo ! cria Piper à pleins poumons en se levant.

Debout au beau milieu de la pièce, en pyjama de soie, elle trouva qu'il faisait anormalement frais.

Serrant les poings, elle appela encore plus fort :

— Léo !

Soudain, quelqu'un apparut dans le coin, mais ce ne fut pas dans un tourbillon de lumière blanche. Cette personne était accompagnée d'un nuage de fumée noire qui ne pouvait signifier qu'une seule chose : c'était un Etre des Ténèbres ! Étaient-ils prêts à lancer l'attaque dont leur avait parlé la jeune femme assassinée devant leur porte ?

S'il s'était trompé de chambre, tant pis pour lui ! Piper jeta un coup d'œil à la créature maléfique, chétive et toute vêtue de noir. Puis, sans autre forme de procès, elle leva les bras pour le faire exploser.

— Ho, ho ! Une minute, papillon ! dit l'Etre des Ténèbres en levant une main gantée de cuir noir.

Il remua l'index comme pour la gronder de son attitude un peu précipitée. Le sourire condescendant sur son visage agaça Piper au plus haut point.

— Je ne ferais pas ça, à ta place, dit-il. Pas si tu veux revoir ton précieux petit mari.

Mon mari ? pensa Piper, le souffle coupé.

À cet instant, quelque chose se recroquevilla en elle et mourut, mais elle ne baissa pas les bras pour autant, ne sourcilla même pas. Elle ne donnerait pas cette satisfaction à cet individu minable.

Je savais qu'il se passait quelque chose de bizarre avec Léo. Je l'ai senti, hier soir, pensa Piper, l'estomac noué. *Pourquoi n'ai-je rien fait ?*

— Qu'est-ce que ça veut dire ? demanda-t-elle, le cœur battant tellement fort qu'elle en avait la migraine.

Peut-être ne faisait-il que bluffer. Malheureusement, la chair de poule sur ses bras lui indiquait le contraire.

— Nous le tenons et nous ne le relâcherons pas avant d'avoir obtenu ce que nous voulons ! dit l'Etre des Ténèbres en se plantant devant elle, les bras croisés.

D'après l'expression qu'il affichait sur son visage, il était évident qu'il se croyait très menaçant, ainsi. Mais Piper n'était pas impressionnée du tout. Elle avait bien plus de pouvoirs à sa disposition que ce type ne pouvait l'imaginer !

— Phoebe ! Viens ici ! hurla Piper.

Elle entendit une porte s'ouvrir, suivie de bruits de pas dans le couloir. Phoebe accourait en nuisette, Paige sur les talons.

— Non, Paige ! Toi, tu restes dehors ! cria Piper.

Paige resta figée, le visage perplexe.

— Nous n'allons pas vous laisser faire du mal à notre sœur ! dit Phoebe, des plis d'oreiller incrustés sur le visage.

Elle se dirigea vers Piper en faisant un détour pour passer devant l'Etre des Ténèbres.

— Votre sœur ? dit-il. Je vous en prie ! Nous avons des projets bien plus ambitieux que de nous en prendre à votre sœur !

— Expliquez-vous, ordonna Piper dont le cœur tambourinait à tout rompre.

— Je suis Shrev, un Etre des Ténèbres, dit-il en esquissant un salut de la tête. Vous pouvez laisser entrer la troisième sorcière. Je sais pertinemment qu'elle est un Etre de Lumière et je vous jure que je n'ai pas l'intention de lui faire le moindre mal. Pas maintenant, en tout cas, ajouta-t-il en faisant scintiller une dent en or.

— Comme si on allait croire ça ! dit Piper tandis que Phoebe venait à côté d'elle, le visage marqué par l'inquiétude.

— Je ne peux pas lui faire de mal. Mon Maître veut les pouvoirs des Charmed et il ne peut prendre ces pouvoirs si l'une d'entre vous est morte, expliqua simplement Shrev.

On aurait dit qu'il leur demandait quelque chose d'aussi simple qu'un billet de un dollar et un verre d'eau, au lieu de leurs pouvoirs magiques.

— C'est pour cette raison que cet Etre des Ténèbres l'a épargnée hier, souffla Phoebe.

— Oh, comme elle est maligne ! railla l'individu.

Paige avança jusqu'à Phoebe, les poings sur les hanches.

— C'est toujours la même histoire, bon sang ! Il y a toujours quelqu'un pour vouloir nous piquer nos pouvoirs ! Vous n'avez pas l'impression qu'on nous aime un peu trop, les filles ? demanda-t-elle à ses sœurs.

— Dis-nous, Piper, que se passe-t-il ? demanda Phoebe, paniquée.

— Ce type prétend détenir Léo, répondit Piper en s'efforçant de ne pas laisser paraître son désarroi.

Elle fixait l'Etre des Ténèbres, évitant d'imaginer les millions d'endroits où pourrait se trouver Léo, les millions de sévices qu'ils pourraient lui infliger.

— Et qui est votre Maître ? demanda-t-elle encore.

— Il s'appelle Malagon, répondit-il en assemblant les mains avec déférence, comme s'il allait se mettre à prier. C'est un démon des plus hauts échelons et il a créé une prison pour votre mari. Prison dont il ne peut s'échapper, même en se téléportant. Et croyez-moi... ajouta-t-il avec un regard cruel, je peux vous dire que ce garçon a déjà tout tenté pour s'en évader.

Le cœur de Piper répondit par un battement sourd et douloureux. Elle ne savait plus comment supporter tout cela. Imaginer que Léo était tout seul, prisonnier, essayant de la contacter… c'était presque insoutenable. Mais il fallait qu'elle se concentre, se montre forte. C'était son seul espoir de le sauver.

— Et si nous abandonnons nos pouvoirs à ce Malagon, libérera-t-il Léo ? demanda Paige, dubitative.

— C'est en effet l'arrangement que nous espérons, répondit Shrev. Vous avez quarante-huit heures pour vous exécuter, dit-il en plongeant ses yeux dans ceux de Piper avec une telle intensité qu'elle sentit son regard la pénétrer jusqu'au plus profond de son être. Choisissez entre votre mari ou vos pouvoirs !

— Pourquoi quarante-huit heures ? demanda Phoebe.

— C'est tout ce que j'ai à dire, sorcière ! siffla l'Etre des Ténèbres en crachant de la salive comme un venin. Dans quarante-huit heures, je reviendrai pour entendre votre réponse. Si c'est non, votre Léo adoré devra mourir, précisa-t-il d'un ton menaçant.

Piper ressentit un odieux frisson parcourir son corps.

Shrev sourit comme s'il avait senti que ses paroles avaient enfin atteint leur cible.

— Et sachez que je vais prendre grand plaisir à le tuer ! ajouta-t-il avant de disparaître dans un nuage de fumée.

Piper sentit ses genoux vaciller et tendit le bras vers Phoebe qui l'aida à s'asseoir sur le bord du lit. Elle avait l'impression que tout son corps s'emplissait de larmes, du bout des orteils jusqu'à la racine des cheveux.

— Je n'arrive pas à croire ce qui nous arrive, gémit-elle en se penchant en avant, la main sur l'estomac.

— Ne t'inquiète pas, dit Phoebe en lui caressant la joue. Nous allons trouver une solution et récupérer Léo.

Piper retint la vague de larmes qui menaçait de déborder de ses paupières et tenta de respirer normalement. Si elle commençait à s'apitoyer sur elle-même, elle risquait de ne plus pouvoir retenir la digue de ses larmes. Il ne leur restait que deux jours pour trouver un moyen de sauver l'amour de sa vie, ce n'était pas le moment de flancher.

— Je vais chercher le *Livre des Ombres*, dit Paige quand elle vit sa sœur reprendre le dessus. Je me suis endormie dessus dans ma chambre. La bonne nouvelle, c'est que j'ai peut-être trouvé une solution pour résoudre le problème du double de Piper…

À ces mots, les trois sœurs se regardèrent, consternées. Elles venaient de remarquer la même chose : l'absence flagrante de Piper II. Son double aurait dû l'entendre appeler ses sœurs et aurait dû accourir en même temps qu'elles. Où avait-elle passé la nuit ?

— Où est-elle ? demanda Phoebe.

— Je n'en ai pas la moindre idée, répondit Piper.

Toutes trois sortirent en trombe de la pièce et hurlèrent son nom dans le couloir. Ce qui ne manqua pas de faire un effet bizarre à Piper… Jusque-là, elle n'avait jamais rencontré quelqu'un qui portait le même prénom qu'elle et n'avait donc jamais eu l'occasion de crier son propre nom.

Il n'y eut pas de réponse. Phoebe, Paige et Piper fouillèrent de fond en comble le Manoir, mais il n'y avait aucun signe de Piper II.

— Et si quelque chose lui était arrivé ? demanda Piper, plantée au milieu de l'entrée.

— Ne crois-tu pas que tu l'aurais senti si elle avait

été blessée ? suggéra Phoebe. Tu dis toujours qu'elle est toi et que tu es elle…

À cet instant, la porte d'entrée s'ouvrit et Piper II entra, portant les mêmes vêtements que la veille. Ses cheveux étaient remontés en un chignon hasardeux et des lunettes de soleil cachaient ses yeux. Elle laissa échapper un impressionnant bâillement et referma la porte derrière elle, sans remarquer la présence de ses sœurs. Quand elle se retourna et découvrit leurs visages atterrés, elle laissa échapper un petit cri de surprise.

— Qu'est-ce qui vous arrive ? demanda-t-elle.

— C'est justement ce que j'aimerais savoir ! répondit Piper I d'un air suspicieux. Tu viens seulement de rentrer ?

— Oui. Euh… ça pose un problème ?

Elle retira ses lunettes. Ses yeux étaient rouges et bouffis. De toute évidence, elle n'avait pas dormi du tout. Piper I vit Phoebe et Paige échanger un regard dubitatif, mais décida de passer outre.

— Mais bon sang, où as-tu été durant toute la nuit ? demanda Piper I, les poings sur les hanches.

— J'étais à cette nouvelle boîte qui vient d'ouvrir, *Bulles*. Vous connaissez ?

Elle jeta son sac à main et sa veste de cuir sur la table, à côté du grand bouquet de fleurs qu'elle faillit renverser.

— C'était vraiment très… *intense* ! ajouta-t-elle d'une voix haut perchée.

Intense ? pensa Piper I. *Mais je ne parle pas ainsi.*

— Vraiment ? s'exclama Paige, tout excitée. Quelle chance ! J'avais tellement envie d'aller voir à quoi ça ressemble !

Piper I la fusilla du regard et le visage de Paige se défit.

— Pour toi, bien sûr ! ajouta-t-elle en baissant d'un ton. Pour ensuite tout te raconter, pour que tu saches ce que font tes concurrents.

— Tu as été à *Bulles* hier soir ? Avec qui ? demanda Piper I.

— Avec Rinaldo, Douglas et tous ces mannequins. Ils sont vraiment très sympas une fois qu'on les connaît, répondit Piper II.

Quand elle se rendit compte que trois paires d'yeux bruns étaient fixés sur elle, choqués, elle cessa de babiller ainsi.

— Et alors ! protesta-t-elle. Ce sont d'excellentes relations publiques. Rinaldo m'adore… nous adore… maintenant !

— Tu m'en vois ravie ! dit Piper I sur un ton sarcastique. Pendant ce temps, nous avons découvert que nous nous étions trompées sur toute la ligne. Figure-toi que ce n'est pas Paige que les Etres des Ténèbres veulent, mais Léo.

— Quoi ? demanda Piper II.

— Un démon a fait enlever Léo par un Etre des Ténèbres et ils menacent de le tuer si nous ne renonçons pas à nos pouvoirs. Alors excuse-moi si bambocher avec Rinaldo ne fait pas partie de mes priorités, pour l'instant ! fulmina Piper I.

Le visage de Piper II devint blême.

— Ils ont Léo ? Pourquoi ?

— Et si vous la mettiez au courant, suggéra Piper I en se dirigeant vers l'escalier. Quant à moi, je vais chercher le Livre dans la chambre de Paige.

— Prends aussi mes notes sur le rituel d'inversion pour les vœux ! lui cria Paige. Elles sont sur ma table de nuit.

— Ne t'inquiète pas ! Je suis plus que prête à redevenir moi-même ! rétorqua Piper.

Elle monta l'escalier à grand fracas, mais pas assez bruyamment pour entendre le son de sa propre voix dire avec un certain dégoût :

— Oh, la, la ! Est-ce que je suis toujours aussi pénible ?

Piper I et Phoebe étaient penchées sur le *Livre des Ombres* qui avait repris sa place sur le lutrin du grenier. Piper II était étalée sur le canapé et suivait des yeux Paige, qui courait dans tous les sens pour préparer le rituel d'inversion du vœu dont elle avait créé la formule au cours de la nuit.

— On a vraiment besoin de toutes ces chandelles ? demanda Piper II, sceptique.

— Plus on en aura, mieux ça marchera ! répondit Paige en plaçant une autre bougie mauve sur le sol pour compléter un grand cercle.

Pendant ce temps, Piper I feuilletait le *Livre des Ombres* tellement rapidement qu'elle enregistrait à peine ce qu'elle voyait. Cela n'avait aucune importance parce qu'elle connaissait pratiquement par cœur toute cette partie de l'ouvrage. Les Charmed avaient déjà anéanti la plupart des démons qui défilaient sous ses yeux.

— Une minute ! Le voilà ! dit Phoebe en posant sa tasse de café.

Elle revint en arrière et lissa la page avec la paume de sa main. En effet, la légende sous le dessin indiquait : « L'Etre des Ténèbres Malagon » en lettres enluminées.

— Quoi ? L'Etre des Ténèbres Malagon ? dit Piper.

Ce type, Shrev, ne disait-il pas qu'il travaillait pour un démon ?

— Attendez ! Écoutez ça, vous allez mieux comprendre ! annonça Phoebe.

Faisant courir son index sur la page, elle lut :

— « À la fin du XIXe siècle, l'Etre des Ténèbres a enregistré le centième Etre de Lumière tué par ses soins. Il fut félicité par le royaume des démons pour les services rendus à la magie noire. La Source a récompensé Malagon en lui attribuant le statut de démon mais regretta vite son geste quand Malagon conspira pour renverser le trône de La Source ».

— La Source ferait mieux d'affiner ses recherches d'antécédents, railla Paige.

— Oui, ce genre de type n'hésite pas à se retourner contre son maître, ajouta Piper II.

Piper I jeta un regard courroucé à sa jumelle. Elle ne lui avait toujours pas pardonné sa nuit de fêtarde, tellement indigne d'une Piper. C'était trop déconcertant ! Et, mise à part sa surprise initiale, Piper II ne se montrait pas très inquiète au sujet de la séquestration de Léo. Piper I, en revanche, avait de l'inquiétude à revendre ! Bref, Piper I ne savait pas trop ce qui arrivait à Piper II, mais une chose était certaine : son attitude n'était plus très Piper-esque !

— « Malagon fut banni et envoyé dans un royaume médiocre à cause de ses forfaitures contre La Source, continua Phoebe. Durant le dernier siècle, ses frères Etres des Ténèbres ont essayé de le libérer de son purgatoire, mais n'en ont pas encore trouvé le moyen ».

Piper I regarda ses sœurs.

— Il pense peut-être que nos pouvoirs en sont la clé ?

— Pourquoi pas ? Nos pouvoirs sont plutôt redoutables, non ? demanda Phoebe.

— Bon, les filles ! Le rituel est prêt, annonça Paige en reculant avec fierté.

Le coffre qui contenait leurs accessoires de sorcellerie était recouvert d'un plaid en velours noir. Au centre se trouvait le pot en chrome qu'utilisaient les Charmed quand un sortilège exigeait l'intervention du feu. Dans le pot, Paige avait versé un mélange très concentré des ingrédients des grigris. Les chandelles qui entouraient le coffre étaient maintenant allumées et les flammes dansaient joyeusement dans l'atmosphère pesante qui régnait actuellement sur le grenier.

— Tu es sûre que ça va marcher ? demanda Piper II en se soulevant péniblement du fond du canapé.

— Si ça ne réussit pas, je ne sais ce qui pourrait réussir ! dit Paige. Allez, il faut commencer avant que toute cette cire ne se répande sur le parquet.

Piper I et Piper II se rapprochèrent de Paige et enjambèrent les chandelles. Elles s'assirent de part et d'autre de la malle, s'observant avec méfiance. Paige et Phoebe s'installèrent aux deux autres extrémités pour former un carré.

— Bon, les Piper ! Tenez-vous les mains, ordonna Paige.

Ce qu'elles firent. Piper I était rebutée par la sensation de tenir ses propres mains, mais se dit que tout cela serait bientôt fini. Les choses redeviendraient normales et elle pourrait se concentrer sur le sauvetage de son mari.

— Maintenant souvenez-vous que vous devez mettre tout votre cœur dans ce vœu ou ça risque de ne pas réussir, leur rappela Phoebe.

— Très bien, dit Piper II.

— Pas de problème, renchérit Piper I.

— Alors on y va ! annonça Paige.

Elle frotta une allumette et la jeta dans le pot.

Les ingrédients s'enflammèrent aussitôt, envoyant une odeur nauséabonde dans l'air. Puis Paige posa ses mains au-dessus des mains jointes des deux Piper à droite du pot pendant que Phoebe en faisait autant de l'autre côté.

Piper I ferma les yeux et se concentra. Elle se concentra de tout son cœur. Elle se concentra sur ce qu'elle souhaitait au plus profond d'elle-même. Elle en avait par-dessus la tête des désordres provoqués par cette gémellité. C'était assez amusant au début, mais maintenant il fallait se mobiliser pour Léo. Le sauver était bien plus important que d'avoir le temps de faire ses fichues courses !

Faites que ça marche, pensa-t-elle. *Faites que ça réussisse !*

— Par le Pouvoir des Trois, nous souhaitons que ce vœu soit annulé ! récitèrent les quatre sœurs.

Piper sentit la chaleur de la flamme s'élever et un courant d'air repoussa ses cheveux en arrière. Son cœur fit une pirouette. Elles avaient réussi !

Elle ouvrit les yeux. Le feu était éteint, tout comme les chandelles. Phoebe et Paige semblaient frappées de stupeur. Derrière la fumée, Piper II était toujours là, assise en tailleur.

— Que s'est-il passé ? demanda Piper I sans s'adresser à quelqu'un en particulier.

— Je ne sais pas. Ça aurait dû marcher ! dit Paige en se levant pour chasser de la main la fumée qui les entourait. On a utilisé tous les ingrédients : l'amulette, le feu, le Pouvoir des Trois…

— Y avez-vous mis tout votre cœur ? demanda Phoebe en dévisageant les deux Piper.

— Je sais que le mien y était ! dit Piper I.

— Et le mien aussi ! rétorqua Piper II.

— Peut-être que ça ne peut pas fonctionner quand on a une gueule de bois ! dit Piper I d'un ton accusateur.

Piper II sauta sur ses jambes.

— Bien sûr ! Mets toute la faute sur moi ! Tu es simplement jalouse parce que je me suis amusée pendant que tu étais coincée ici à faire des gâteaux !

— Tu plaisantes ! cria Piper I. Tu sais quoi ? Je commence à me dire que tu es une mauvaise sorcière !

— Je n'ai pas à supporter tes insultes ! J'ai d'autres chats à fouetter !

Furieuse, Piper II se leva à son tour et enjamba les chandelles éteintes.

— Quoi ? Tu ne vas nulle part ! Tu restes ici et tu nous aides à trouver Léo !

— Je regrette, dit Piper II en retirant le bandeau qui retenait son chignon. Mais il n'y a aucune raison que le reste de notre vie s'écroule parce qu'un démon a décidé de nous harceler… une fois de plus.

Piper I resta bouche bée. Comment pouvait-elle être aussi dure ?

— Piper ! C'est de Léo qu'il s'agit ! dit Paige. Tu te rappelles ? Le type adorable qui a risqué sa peau surnaturelle pour être avec toi… qui t'a sauvé la vie des millions de fois… qui t'aime plus que tout au monde ?

— Je sais, Paige, je sais ! dit Piper II. C'est bien pour cela que je suis là, n'est-ce pas ? Pour que je puisse vivre une vie surnaturelle et une vie normale ! Écoute, ton rituel n'a pas réussi, ce qui veut dire que nous sommes coincées ici toutes les deux. Même si je pars, les Charmed seront encore au complet pour s'occuper de ça et moi je serai au *P3* pour m'assurer que ça se passe bien pour Rinaldo et ses amis. Tout le monde y gagne, non ?

Avant que quelqu'un puisse protester, Piper II sortit du grenier.

— Piper ! cria Piper I.

Piper II leva légèrement la main, comme pour clore la discussion, et descendit l'escalier.

— Mais qu'est-ce qui lui prend ? dit Piper I.

— Où est passé son amour pour Léo ? demanda Paige en jouant des sourcils.

— Il faut que j'aille lui parler, dit Piper, incapable de croire ce qui venait juste d'arriver.

Piper II ne pouvait pas être sérieuse. Comment pouvait-elle se concentrer sur autre chose quand Léo se trouvait quelque part, en péril ? Elles s'étaient certes un peu chamaillées toutes les deux, mais maintenant elles devaient travailler ensemble.

Piper allait traverser la pièce mais elle avait à peine franchi quelques pas quand elle fut envahie par un vertige. Le grenier tourbillonna autour d'elle et elle aurait pu jurer que le sol dansait sous ses pieds. Elle s'arrêta et vacilla. Son estomac montait et descendait comme si elle chevauchait les montagnes russes les plus dangereuses qui soient. Si Phoebe et Paige ne l'avaient pas retenue à temps, elle serait tombée.

— Qu'est-ce qui t'arrive ? demanda Phoebe en la prenant par le bras.

Piper ferma les yeux et déglutit avec difficulté, attendant que la pièce redevienne normale. Le sol penché sembla revenir à l'horizontale et tout retrouva l'équilibre.

— Ça va mieux, répondit-elle en prenant une profonde inspiration. Je... je crois que je ferais mieux de m'asseoir un instant.

C'est sûrement le surmenage, se dit Piper en essayant de calmer la vague de panique qui envahissait son cerveau. *Il faut juste que tu essaies de rester calme et que tu te concentres sur une chose à la fois : Léo.*

Si Piper II ne voulait pas les aider à trouver son mari, Piper I ne pouvait rien y faire, si ce n'est espérer que son double change d'avis.

Je n'en reviens pas qu'elle soit aussi hypocrite, pensa Piper II en retirant ses vêtements avant de se glisser sous la douche qui coulait déjà. *Hier elle était excitée comme une puce de pouvoir utiliser ça à notre avantage et il suffit qu'un petit démon pointe son nez pour qu'elle se transforme en gendarme.*

Tandis que l'eau chaude se déversait délicieusement sur son corps, Piper II décida d'abandonner ces discussions oiseuses pour se concentrer sur autre chose. La longue journée de travail qui l'attendait, par exemple.

Piper II savait que, si elle ne se présentait pas aux réunions avec Rinaldo et Douglas aujourd'hui, ils considéreraient cela comme une offense personnelle et pourraient très bien annuler leur défilé au *P3*. Elle ne voulait surtout pas en arriver là, car Rinaldo choisirait *Bulles* pour son opération et le *P3* n'aurait plus qu'à se faire enterrer. Son club serait officiellement considéré comme mort. Non ! Pas après tout le travail investi et toutes les larmes versées pour le lancer et le faire fonctionner durant ces nombreuses années !

Piper fit sortir une généreuse dose de shampooing du flacon et l'étala sur ses cheveux avant de les masser en profondeur en respirant profondément, les yeux fermés, pour se détendre. Elle se sentait déjà plus calme et laissa échapper un soupir de satisfaction.

Tout va bien se passer, se dit-elle. *Tout va finir par…*

Soudain, Piper fut prise d'un vertige comme elle n'en avait jamais ressenti. Elle s'appuya sur les parois de la douche pour ne pas perdre l'équilibre, puis se pencha en avant, cherchant son souffle. À ses pieds, les gouttes rebondissaient joyeusement. Des coulées de savon dégoulinaient sur ses tempes et dans ses yeux. Piper dut s'accroupir dans le bac à douche et appuya les paumes de ses mains sur ses yeux pour atténuer la douleur insoutenable des brûlures que provoquait le savon.

Respire… contente-toi de respirer…, se dit-elle.

Elle avait l'impression que son esprit chevauchait une mer démontée.

Au début, elle pensait que le vertige n'était qu'une réaction de son estomac vide. Elle n'avait rien mangé pendant la nuit alors qu'elle avait dansé comme une sauvage. Mais le malaise mit bien trop longtemps à disparaître et Piper sut que ce n'était pas une simple hypoglycémie. Quelque chose n'allait pas. Mais alors pas du tout !

CHAPITRE 8

Pendant que Phoebe se précipitait pour chercher un verre d'eau fraîche pour Piper I, qui prétendait être en pleine forme alors qu'elle tenait à peine debout, Paige descendit dans sa chambre pour s'isoler quelques instants. Dans le grenier, l'air était chargé de trop d'émotions. Toutes ces distractions l'empêchaient de se concentrer. Paige avait en effet une idée et voulait se pencher dessus dans la paix et le silence relatif qu'elle espérait trouver entre les quatre murs de sa chambre.

Fermant doucement la porte derrière elle, Paige se dirigea vers son lit et s'installa en tailleur au beau milieu de sa couette. Elle prit quelques inspirations profondes et écouta le ruissellement de la douche dont la douce monotonie calmait ses nerfs. Les mains à plat sur les genoux, elle redressa le dos et secoua la tête pour libérer ses cheveux. Le rythme de son cœur commençait déjà à décroître et elle pouvait sentir la tension se retirer comme une marée descendante.

Ne pense pas au fait qu'il y a une Piper en haut et une autre dans la pièce d'à côté, en train de prendre une douche, se dit-elle en fermant les yeux. *Ne pense surtout pas à l'absurdité de cette situation. Ne pense qu'à Léo.*

Depuis le jour où Paige avait appris qu'elle était une

sorcière, une Charmed, et un Etre de Lumière, sa vie avait suivi la trajectoire d'un yo-yo. Mais Léo avait toujours été là, à l'écoute de ses inquiétudes, prêt à l'aider à les surmonter. Il l'avait accompagnée le long de son apprentissage et, tout comme Piper ou Phoebe, elle n'avait aucune envie de le perdre. De plus, en tant que demi-Etre de Lumière, elle possédait un avantage qu'aucune de ses sœurs ne pouvait revendiquer. Elle pouvait situer à distance d'autres Etres de Lumière.

Du moins en avait-elle la quasi-certitude. Malheureusement, elle n'avait pas encore eu l'occasion de tester ce nouveau pouvoir. Mais le moment était idéal pour se lancer.

Respirant profondément, Paige se concentra sur Léo. Elle l'évoqua dans son esprit, tenta de le contacter par les liens qui joignaient leurs deux âmes. Elle essaya de pratiquer ce que Léo faisait avec d'autres depuis longtemps grâce à ses propres pouvoirs d'Etre de Lumière.

Où es-tu, Léo ? pensa Paige en pinçant les lèvres. *Je t'en prie, sois à un endroit où je puisse te trouver…*

C'est alors qu'elle fut frappée par une vague d'amour et de terreur si puissante qu'elle porta la main à sa gorge, le souffle court. La sensation était indéniablement liée à Léo. Elle savait que c'était lui. Il s'inquiétait pour elle, pour Piper et pour Phoebe. C'était de là que venait l'amour. Quel que soit l'endroit où Léo était emprisonné, quoi qu'on lui fasse, il pensait, comme toujours, à sa famille avant de penser à lui-même.

— Oh, Léo ! Toi qui as le cœur si tendre, dit-elle en ouvrant les yeux.

La sensation de picotement qui avait recouvert sa peau et envahi son corps se retira, laissant derrière elle une peur à l'état pur. Le sort de son beau-frère la pétrifiait. Elle savait ce qui lui restait à faire. Submergée par une excitation indicible due à la certitude que son raisonnement était le bon, elle vit tous les objets de sa chambre avec une acuité nouvelle.

Si elle pouvait se connecter à Léo, cela signifiait qu'on ne l'avait pas entraîné sous terre. Les Etres de Lumière n'étaient pas capables de ressentir les gens piégés dans le Monde Inférieur. C'était là une bonne nouvelle ! D'autant plus que cela lui donnait la possibilité de le rejoindre en se téléportant, même en compagnie de ses sœurs. La solution tant attendue s'offrait enfin à elles ! Elle sauta du lit et se précipita au rez-de-chaussée pour en faire part à Phoebe et à Piper I.

— Eh, les filles ! J'ai pu repérer Léo ! cria Paige en entrant en trombe dans la pièce.

Piper se redressa aussitôt.

— Ah oui ? Il va bien ?

Une serviette gorgée d'eau tomba de son front et elle dut s'agripper au siège pour retrouver son équilibre. Son mouvement brusque avait sans doute provoqué un vertige.

— Il semble juste un peu… effrayé, répondit Paige. J'ai vraiment ressenti qu'il s'inquiète beaucoup pour nous.

— Attends une minute. Si tu peux te connecter à lui, alors tu peux aussi nous téléporter auprès de lui, n'est-ce pas ? demanda Phoebe en levant les yeux du *Livre des Ombres*.

— Et comment !

Paige était très excitée. Elle adorait se sentir capable de contribuer à la réussite d'une mission.

— Alors allons-y ! déclara Piper.

Dès qu'elle se leva, elle fut prise d'un vertige qui

l'obligea à se rasseoir en se rattrapant à l'accoudoir en bois ciré du canapé ancien.

— Calme-toi, ma petite, lui dit Phoebe en l'aidant à s'allonger. De toute évidence, tu n'es pas encore prête à bouger.

— Oui, et puis ce serait suicidaire de se téléporter là-bas sans emporter un sortilège d'anéantissement ou une potion quelconque, ajouta Paige.

— Bon, d'accord, répondit Piper, soulagée de pouvoir se reposer un peu plus longtemps.

Elle essayait de faire croire qu'elle était forte, mais elle avait l'air faible et fébrile.

— Qu'est-ce que vous avez déniché dans le Livre ? s'enquit-elle en fermant les yeux pour mieux se détendre.

Phoebe se dirigea vers le lutrin et tourna quelques pages.

— Ah, voilà ! Il y a un sortilège et une potion d'anéantissement pour Malagon, annonça-t-elle, plutôt satisfaite de sa découverte.

— Comment faire face à un démon qui a besoin des deux pour être vaincu ? commenta Piper.

L'estomac de Paige se crispa.

— Il doit être bigrement puissant, non ?

— Rien d'impossible à gérer, dit Phoebe. Oh ! En plus, il faut une sacrée quantité d'ingrédients !

Paige la rejoignit devant le Livre et lut l'interminable liste pour le moins intimidante, mais rien qui soit inhabituel ou trop exotique. Paige sentit le baromètre de sa confiance monter de quelques degrés.

— Nous avons tous ces trucs à la cuisine, dit Paige. Cela ne devrait pas poser de problème.

— Ah ! Enfin de bonnes nouvelles ! déclara Piper en levant les deux bras.

Sa position était plutôt comique, avec une serviette sur le visage, un pied allongé sur le canapé et l'autre par terre.

Puis Paige remarqua une ligne tout en bas de la page. Elle se pencha pour mieux l'étudier. Ce qu'elle lut la laissa un instant perplexe.

— Oh, zut ! dit-elle finalement en appuyant son index sur le bas de la page. Lis un peu ça, là… ce qui est écrit en tout petits caractères !

Phoebe cligna des yeux. Ces lignes, elle ne les avait pas vues. Quand elle les eut décryptées, elle blêmit.

— Quoi ? Quoi ? Qu'est-ce qu'il y a ? s'affola Piper.

Elle retira la serviette de son visage et regarda ses sœurs sans avoir à bouger la tête.

— Il faut laisser refroidir la potion pendant six heures avant de s'en servir, annonça Phoebe en serrant les dents.

Un lourd silence s'installa dans le grenier et Paige résista à l'envie de se précipiter vers la porte avant que sa sœur n'explose… ou ne fasse exploser quelque chose dans la pièce.

— Six heures ! Mais qu'est-ce que c'est que cette potion ? Et si ce Malagon fracassait notre porte dans les minutes à venir ? protesta Piper en se soulevant un peu.

— Calme-toi, Piper ! dit Phoebe en venant vers elle. Cet Etre des Ténèbres a dit que nous disposions de quarante-huit heures pour nous décider, ce qui nous laisse largement le temps de faire ce truc et de rejoindre Léo.

— Phoebe, je suis incapable d'attendre six heures ! protesta Piper, les yeux pleins de larmes. Je veux qu'on me rende mon mari, bon sang !

Paige rejoignit ses sœurs et s'agenouilla à côté de Piper pour la rassurer.

— On le sait bien, ma chérie. Mais on dirait que c'est le seul moyen.

— C'est le genre de truc qui me rend dingue ! renchérit Phoebe en se levant. Mais il faut reconnaître que nous n'avons guère le choix.

Léo se tenait dans sa cellule et défiait du regard les Etres des Ténèbres qui le cernaient. Il refusait de s'asseoir, même si ses jambes le soutenaient à peine après tant d'heures d'immobilité. Il était hors de question de montrer à ses geôliers le moindre signe de fatigue.

Derrière la rangée d'Etres des Ténèbres, tous vêtus de manteaux noirs, se dressaient des murs de pierre couleur sang. Le sol était composé d'une espèce de cendre noire qui se soulevait en nuages dès qu'ils se déplaçaient. Des torches vacillaient sur les murs qui semblaient s'élever indéfiniment. En levant les yeux, en les plissant pour mieux concentrer sa vision, Léo aurait pu jurer que quelques kilomètres plus haut, très loin, il pouvait déceler un minuscule carré de ciel bleu.

Nous ne sommes pas en enfer, pensa-t-il en essayant toujours de comprendre ce qui lui arrivait. *Nous ne pouvons pas être sous terre, nous devons donc être dans une espèce d'espace intermédiaire. Une espèce de purgatoire*.

Mais comment l'y avaient-ils entraîné ? Comment avaient-ils conjuré ce filet mystique qui avait interrompu sa téléportation ? Et de quoi était faite cette cage ? Léo ne s'était jamais trouvé dans une pièce dont il ne pouvait pas s'échapper. Il devait y avoir une magie plutôt sérieuse dans l'air !

Il dut faire un effort incroyable pour ne pas tenter de se téléporter encore. C'était comme si une partie de son cerveau refusait de croire que c'était impossible.

Après tout, pour Léo, la téléportation était aussi naturelle que la respiration. Mais d'une certaine manière, les barreaux noirs qui l'emprisonnaient avaient été enchantés pour les retenir, lui et sa magie. Il s'était déjà suffisamment cassé le nez pour le savoir.

— Qu'est-ce que tu regardes, crétin ? lui cracha l'un des Etres des Ténèbres.

C'était un spécimen imposant aux longs cheveux rouges et à la barbe hérissée de pointes. Des plaques de bronze recouvraient sa poitrine et ses épaules, lui donnant une curieuse allure de gladiateur médiéval. Il s'approcha de la cage d'un air menaçant, mettant la main à l'épée qu'il portait dans son dos.

Léo se contenta de l'observer à son tour. Si ces Etres des Ténèbres avaient l'intention de lui faire du mal, ils l'auraient fait depuis longtemps. Il n'allait pas faiblir. Il était hors de question qu'il leur donne cette satisfaction.

— J'ai dit : Qu'est-ce que tu regardes, crétin ? grommela l'Etre des Ténèbres en venant le provoquer entre deux barreaux.

Cette fois encore, Léo ne répondit pas. Ses ravisseurs semblaient prendre plaisir à le provoquer. De temps en temps, ils s'ennuyaient et un incident de ce type se produisait. Il commençait presque à s'y habituer.

Mais cela ne servait à rien de parler à ces individus. La seule personne… ou chose… digne qu'on s'adresse à elle, ici, était Malagon. Il avait fait une brève apparition un peu plus tôt, écartant les Etres des Ténèbres qui entouraient Léo afin de pouvoir mieux observer son prisonnier. Malagon s'était présenté à Léo et, dans un style typiquement machiavélique, lui avait révélé toutes ses intentions, se disant sans doute que cela n'avait aucune importance qu'il le sache puisqu'il allait bientôt mourir. Léo adorait quand les méchants faisaient ça. Cela finissait toujours par leur retomber dessus.

Mais cela n'empêchait pas Léo de s'inquiéter pour Piper, Phoebe et Paige. Pourvu qu'elles n'envisagent pas de venir le rejoindre pour donner leurs pouvoirs en échange de sa liberté ! Elles savaient qu'il préférerait mourir plutôt que de priver le monde des Charmed et de tous les bienfaits qu'elles allaient encore lui apporter.

Malheureusement, même si elles le savaient, cela ne les empêcherait pas de venir à son secours. Elles l'aimaient. Et l'amour fait souvent faire des choses idiotes. Il savait que si la situation était inversée, il serait auprès de Piper en un clin d'œil.

— Tu vas me répondre, imbécile ! hurla l'Etre des Ténèbres en tirant son épée du fourreau avant de pointer sa lame menaçante sous le nez de Léo.

Celui-ci crut, l'espace d'une seconde, qu'on allait lui trancher la gorge. Ce type devenait décidément très impatient. Tous ses acolytes autour de la cage le félicitèrent, mais une voix tonitruante coupa court à leur allégresse.

— Christov ! Fiche la paix au prisonnier !

Christov continua à défier Léo, les lèvres tordues de fureur, mais il finit par baisser l'épée et reculer. La rangée d'Etres des Ténèbres s'écarta et Malagon en personne fit sa seconde apparition. Et quelle apparition !

D'une taille gigantesque digne de Goliath, Malagon faisait vibrer, à chacun de ses pas, les torches qui ornaient les murs. D'épais cheveux noirs tombaient le long de son dos et son visage avait les traits d'un dieu romain. Sur ses vêtements, il portait une cape de fourrure noire et d'immenses bottes maculées de siècles de boue et de sang. Du sang qu'il avait, sans aucun doute, fait couler de ses propres mains.

Son regard était serein, tandis qu'il s'approchait de la cage de Léo. Serein, mais létal. Ses yeux avaient la couleur d'un étang gelé.

— Alors, qu'en penses-tu, mon ami ? demanda Malagon. Crois-tu que ton cher amour va venir te sauver ?

Le mot « amour » transperça le cœur de Léo comme un poignard, mais il s'efforça de rester impassible.

— Jamais ! répondit-il avec défi. Les Charmed ne renonceraient jamais à leurs pouvoirs pour ne sauver qu'une seule âme. Elles savent que leur destin est encore devant elles.

Du moins, c'est ce que j'espère, ajouta-t-il en silence.

— Tu n'as guère confiance en l'amour que tu inspires, dit Malagon d'un ton moqueur. Comme c'est triste ! ajouta-t-il en prenant un air préoccupé.

Léo fulmina en silence pendant que Malagon faisait le tour de la cage. Il tenait ses mains derrière le dos et esquissait un pas de l'oie presque joyeux.

— Enfin, peu importe ! dit Malagon en regardant vers le sol avec un léger sourire. Si elles ne renoncent pas à leurs pouvoirs volontairement, il faudra les leur prendre par la force.

Cette déclaration fut accueillie par des exclamations d'enthousiasme venant des Etres des Ténèbres. Cette démonstration de pur machiavélisme fit frissonner Léo. Si seulement il pouvait prévenir les filles ! Si seulement il pouvait trouver un moyen de sortir de cette maudite cage…

— Plus que trente-six heures, annonça Malagon en consultant une monstrueuse horloge attachée à son poignet gigantesque.

Il baissa le regard vers Léo. Une lueur cruelle dansait au fond de ses yeux.

— D'ici là, notre rituel sera prêt, ajouta-t-il. J'enverrai mes hommes pour qu'ils me ramènent les Charmed. Soit elles me donneront leurs pouvoirs, soit je les leur prendrai. De toute façon, ce sera plutôt amusant, n'est-ce pas ?

Léo considéra Malagon en silence. Si seulement il pouvait dire ou faire quelque chose qui puisse effacer ce sourire narquois du visage de l'horrible géant ! Mais il ne trouva rien et dut ravaler sa fierté.

— Je ne sais pas ce que tu en penses, dit Malagon en se penchant vers Léo, toutes dents dehors. Mais je suis impatient de voir ce qui va se passer.

CHAPITRE 9

Piper II se tenait au bord du nouveau podium qui venait d'être terminé pour le défilé et regardait les mannequins déambuler en tous sens avec leurs tenues colorées et plutôt minimalistes. Elle se sentait encore assez faible après le malaise qu'elle avait eu dans la douche et les projecteurs au-dessus d'elle n'arrangeaient rien. Les lumières roses, jaunes et bleues tournoyaient et flashaient au rythme infernal de la musique techno. Ce défilé allait davantage ressembler à une soirée en boîte de nuit qu'à une présentation de mode. Piper s'installa sur un tabouret au bar pour se reposer un peu. Après quelques respirations profondes, elle se sentait déjà mieux et put de nouveau se concentrer sur le spectacle qui se déroulait devant elle.

C'est juste un peu de vertige, se dit-elle. *Ne fais pas la mauviette.*

Les deux mannequins montèrent sur la scène et Piper admira leurs longues jupes étroites surmontées d'un haut très flou. Comment ne pas être impressionnée par le style résolument créatif de Rinaldo ? Tout était couleurs, coupes simples, nouvelles lignes et étoffes souples. Le résultat, elle devait l'admettre, était remarquable.

C'est peut-être un petit bonhomme bizarre, mais il connaît son métier, pensa Piper.

— Il est incroyable, n'est-ce pas ? lui glissa Marsha à l'oreille en arrivant derrière elle.

L'assistante portait, elle aussi, l'un des modèles de la nouvelle collection. Mais comme elle était assez petite et rondelette, cela ne faisait pas tout à fait le même effet…

— C'est une belle collection, admit Piper, les yeux rivés sur le podium.

— Et le *P3* a l'honneur d'accueillir la première ! précisa Marsha d'un air attendri. Tu dois être absolument ravie !

— Oui, *absolument* ravie, lui répondit Piper avec une pointe de facétie.

Tout semblait toujours tellement exagéré dans ce que disaient les gens de ce milieu qu'on finissait par douter de la sincérité de leurs propos.

— Bon, écoute. Rinaldo m'a demandé de voir avec toi si tu ne reviendrais pas sur ta décision, dit Marsha en s'installant en face de Piper.

Ses yeux verts avaient, comme toujours, cette lueur pétillante. Cette fille devait être une caféinomane ! À moins qu'elle ne fasse appel à une drogue plus dure… Il semblait impossible qu'elle maintienne en permanence un tel niveau d'énergie.

— Revenir sur quelle décision ? demanda Piper.

— Défiler comme mannequin ! Nous pensons tous que tu serais éblouissante sur ce podium, dit Marsha en la regardant avec des yeux admiratifs.

— Mannequin ?

Cela avait dû être discuté entre Piper I et Rinaldo.

Pourquoi ne m'en a-t-elle rien dit ? se demanda Piper.

— Oui, rappelle-toi le compromis que nous avons proposé, continua Marsha en sautillant sur ses pieds comme une gamine excitée. Tu nous autorises à démonter temporairement tes alcôves VIP pour ajouter des places assises et Rinaldo s'arrangera pour que tu puisses participer au défilé.

Piper sentit son cœur s'affoler. Elle jeta un coup d'œil vers le podium où les trois mannequins marchaient, s'arrêtaient, posaient en se déhanchant.

Piper Halliwell… super-mannequin, pensa Piper, un sourire sur les lèvres. C'était tellement superficiel, futile, sexy… bref, tout sauf Piper.

Et c'est exactement pour cette raison qu'elle avait envie de se laisser tenter.

Cependant, elle tenait également à ses alcôves VIP. C'est là que venait se réfugier l'élite de San Francisco, où elle se cachait avec sa famille, où elle avait eu des millions de tête-à-tête avec tout le monde, que ce soit Dan, Prue, Phoebe, Paige, Léo… Elle n'avait aucune envie d'y renoncer. Pas de façon permanente, en tout cas.

Piper se tourna vers Marsha qui semblait prête à s'évanouir d'impatience.

— Que veux-tu dire par *démonter* temporairement ?

— À toi, Piper ! C'est ton tour ! dit la coordinatrice, Sharon Wright, en poussant carrément Piper en piste.

Le cœur battant, Piper se dirigea vers le centre de la scène et s'arrêta, les jambes flageolantes. Vu d'ici, le *P3* avait l'air tellement différent. Douglas et Rinaldo se tenaient d'un côté de la passerelle du défilé et Marsha de l'autre, accompagnée de quelques mannequins. Piper baissa les yeux, examinant une dernière fois sa tenue. Un haut rose et jaune aux manches très amples et une jupe en cuir terriblement courte. Quelle idée ! Même avec les talons aiguilles qu'on lui avait fait enfiler, elle mesurait au moins vingt centimètres de moins que les autres filles. Ressemblait-elle vraiment à un mannequin, ainsi ?

— Les épaules en arrière ! La tête haute ! Sois sûre de toi, Piper ! cria Rinaldo, lui retirant le peu d'assurance qui lui restait.

— Allez, descends la coursive ! siffla Sharon des coulisses en tenant son micro.

Bon, je suis incapable de faire ça, pensa Piper. *Trop de stress. Qu'est-ce qui m'a pris d'accepter ça ?*

Piper jeta un coup d'œil vers Douglas. Il affichait un sourire narquois, amusé de la voir hésiter ainsi. De toute évidence, il s'était attendu à ce qu'elle se défile.

Ne lui donne pas cette satisfaction, se dit-elle. *Efface ce sourire arrogant de son visage !*

Piper secoua résolument la tête pour rejeter ses cheveux en arrière, redressa les épaules, puis commença à descendre la coursive, espérant seulement que ses talons pointus ne se prendraient pas entre les planches. Arrivée au bord, Piper s'arrêta un instant, prit quelques postures comme l'avaient fait les mannequins un peu plus tôt.

— Bien ! Très bien ! lui cria Rinaldo. Maintenant donne-nous quelques poses.

Des poses ? pensa Piper. *Pas de problème !*

Piper mit une main sur sa hanche et donna un coup de reins vers l'avant avec une moue provocante, les yeux dans le vague. Soudain, elle se souvint des parties de déguisement avec ses sœurs quand elles étaient petites filles. Elles faisaient une razzia dans les vêtements de leur mère, que Grams avait rangés dans des malles après son décès, et organisaient des défilés de mode dans le grenier. Finalement, ce n'était pas comme si Piper n'avait jamais fait cela de sa vie !

— Superbe ! dit Rinaldo quand Piper virevolta et prit une autre posture, regardant par-dessus son épaule.

Un sourire incontrôlable illumina son visage. C'était plutôt amusant, après tout ! Elle se tourna encore et adopta une dernière pose face à son public. Puis elle fit demi-tour et redescendit la coursive de défilé, retenant difficilement un rire nerveux. Tout le monde l'applaudissait quand elle arriva en coulisse. Piper savait que c'était en partie pour lui faire plaisir, mais c'était tout de même très gratifiant. Elle l'avait fait ! Elle était mannequin !

Derrière la scène, un groupe d'ouvriers assemblaient le panneau de fond avec d'immenses planches de couleur et des plaques de métal. En se dirigeant vers le vestiaire, elle entendit du bruit en haut, sur les échafaudages et leva les yeux. L'un des hommes se débattait avec l'une des plaques de métal et Piper la vit lui glisser des mains et commencer à tomber vers le sol.

— Attention ! cria le type.

Les quelques personnes qui se trouvaient en bas allèrent se mettre à l'abri, mais par habitude, Piper leva les mains et figea la scène. La plaque s'arrêta à deux mètres du sol et les ouvriers étaient tous immobilisés, une expression étonnée sur le visage. Piper regarda autour d'elle et vit qu'elle ne pouvait rien faire pour contrôler la chute de l'objet. Heureusement, personne ne risquait d'être blessé.

Eh bien, tant pis ! pensa-t-elle. *Ça fera juste un peu de bruit.*

Elle s'apprêtait à défiger la pièce quand le temps se défigea de lui-même. Piper sursauta quand la plaque vint se fracasser sur le sol. Tout le monde s'était remis en mouvement. Piper considéra ses doigts d'un air perplexe. Elle savait que ce n'était pas elle qui en avait donné l'ordre, alors pourquoi le temps avait-il repris son cours ? Ce genre de chose ne lui était jamais arrivé depuis qu'elle avait eu ses pouvoirs, même à l'époque où ils étaient encore très récents et relativement faibles.

Deux hommes ramassèrent la plaque et la tendirent à l'ouvrier qui l'avait laissée tomber. Piper continua son chemin. Pour l'instant, il n'y avait rien à faire pour ses pouvoirs et, si elle restait ainsi à fixer ses mains, quelqu'un le remarquerait.

Mais Piper n'avait fait qu'un pas quand elle fut de nouveau prise d'un étourdissement. Cette fois, c'était beaucoup plus fort que la dernière fois. L'ensemble du sol semblait se soulever et venir vers elle. Piper tituba, recula de quelques pas en se tenant la tête.

— Hé ! Ça va ? demanda l'un des ouvriers en la rattrapant pratiquement dans ses bras. Ces talons sont un peu trop hauts, n'est-ce pas ?

Puis il vit son visage blême où venaient perler d'innombrables gouttes de sueur. Il s'inquiéta sérieusement.

— Vite ! Qu'on m'apporte un verre d'eau fraîche, ici ! cria-t-il en aidant Piper à s'installer sur une chaise.

Cela la soulagea de s'asseoir, mais cela n'empêcha pas la pièce de tourner. Piper posa la tête entre ses genoux, appuya sur ses paupières, espérant ainsi réprimer une violente nausée.

Mais que m'arrive-t-il ? pensa-t-elle. *Que se passe-t-il ?*

Allongée sur le canapé, Piper serrait l'un des grigris de Phoebe dans sa main, le triturant nerveusement, s'efforçant de ne pas évoquer Léo. Si elle pensait à lui, il risquait de le sentir et s'il percevait son inquiétude, cela ne ferait que contribuer à son désarroi. Et elle ne voulait surtout pas ajouter à la détresse de son pauvre mari prisonnier des forces du Mal.

Mais elle avait peur et ne parvenait pas à s'en empêcher. L'amour de sa vie était ailleurs, retenu par les seules créatures au monde qui puissent le tuer. Pendant ce temps, son double s'éparpillait en ville en tâches futiles comme si ce qui arrivait à la maison ne la préoccupait pas le moins du monde.

Son cœur n'était peut-être pas suffisamment impliqué dans le rituel, pensa Piper. *Peut-être préfère-t-elle que la situation actuelle ne change pas*. Piper avait du mal à l'admettre, car elle croyait qu'un être qui lui ressemblait autant ne pourrait jamais se montrer aussi superficiel et égocentrique. Malheureusement, c'était le cas. Pourquoi, sinon, le rituel aurait-il échoué ?

Et maintenant, pour couronner le tout, elle avait ces étourdissements. Piper se dit qu'ils pouvaient être attribués au surmenage, mais ils ne ressemblaient pas à des symptômes de stress. Le premier avait été trop violent, trop épuisant. Elle voyait bien qu'il y avait un problème sérieux derrière ces malaises.

Je devrais peut-être manger quelque chose, pensa-t-elle en sentant son estomac protester. Ces vertiges pouvaient être dus à la faim, car elle n'avait rien mangé de la journée.

Le fait d'avoir un projet lui redonna un peu d'énergie. Elle glissa le grigri dans sa poche et se leva avec précaution. Quel soulagement de voir qu'elle tenait en équilibre sur ses jambes ! Le sol restait à sa place, les murs ne se mettaient pas à danser, tout allait parfaitement bien.

Piper traversa la salle à manger où les peintres

appliquaient minutieusement une deuxième couche sur les murs. Les émanations toxiques des diluants la frappèrent de plein fouet et elle dut s'arrêter un instant. Mais elle se remit rapidement et put continuer sa progression. Heureusement que le placard, où ses sœurs gardaient les chocolats et les petits gâteaux, se trouvait à l'autre extrémité de la cuisine, loin des odeurs ! Elle ouvrit rapidement la porte, fit un bref inventaire de ce qui était disponible et choisit un sachet de chips.

— Hé ! Vous n'auriez pas un peu de chocolat ? demanda le chef d'équipe du haut de son échelle. Je dois vous paraître un peu trop gourmand, mais…

Se rappelant le ventre replet du bonhomme, Piper se dit qu'elle pouvait très bien imaginer l'étendue de sa gourmandise !

— Oh, je suppose qu'on devrait pouvoir trouver quelque chose pour vous, là-dedans, répondit-elle en attaquant son paquet de chips.

— Vous êtes bien gentille !

Il commença à descendre quelques marches de son échelle, en manqua une et se rattrapa à l'escabeau qui se renversa vers la gauche. Le pot de peinture perdit l'équilibre et commença à tomber. Piper jeta son sachet de chips et figea la pièce avant que la peinture puisse toucher le sol.

— Zut ! dit Piper en surveillant la scène.

La peinture allait se déverser sur la bâche qui recouvrait le sol et les dégâts ne seraient pas si catastrophiques, mais cela créerait tout de même pas mal de complications. Réfléchissant vite, Piper attrapa l'une des grosses poubelles industrielles que les peintres avaient apportées et la poussa de quelques centimètres afin qu'elle soit juste dans la trajectoire du pot de peinture. Satisfaite de sa présence d'esprit, Piper s'apprêta à retourner à l'endroit où elle se tenait au début de la scène, mais ne se trouvait qu'à mi-chemin quand la pièce se défigea.

— Mais…

Piper sauta vite en place. Heureusement, aucun des hommes ne remarqua qu'elle avait bougé tant leur attention était concentrée sur la peinture renversée.

Les jambes tremblantes, Piper se retint un instant au comptoir de la cuisine.

Oh, non, pensa-t-elle. *Pas maintenant. Il ne fallait pas que ses pouvoirs lui jouent des tours en plus de tout le reste*.

— Heureusement qu'il y avait la poubelle juste en dessous, hein ? dit le peintre en s'approchant de Piper pour jeter un coup d'œil dans le placard à son tour.

— Oui, heureusement ! répondit Piper.

Elle prit son paquet de chips et sortit de la pièce. Pour l'instant, elle n'avait surtout pas envie d'être entourée de gens qu'elle ne connaissait pas. Il fallait qu'elle monte pour raconter à Phoebe et à Paige ce qui venait de se passer.

À l'instant où elle se dirigeait vers l'escalier, ses deux sœurs en descendaient, après avoir recopié du *Livre des Ombres* le sortilège et les ingrédients de la potion. Paige avait estimé qu'il valait mieux ne pas descendre le Livre qui aurait certainement provoqué la curiosité des peintres. Piper allait leur parler de la panne de pouvoir dont elle venait de faire l'expérience quand elle fut soudain frappée d'un nouvel étourdissement.

— Oh, mon Dieu ! dit-elle en levant les mains, éparpillant des chips tout autour d'elle.

Phoebe et Paige la prirent par le bras pour la ramener vers le canapé qu'elle n'aurait jamais dû quitter.

Un peu désespérée par ces pertes d'équilibre, elle posa avec soulagement la tête sur le coussin frais du canapé. Il ne fallait surtout pas qu'elle panique…

— Ça va aller ? demanda Phoebe en touchant le front brûlant de Piper.

— Je pense que oui.

Si seulement la pièce pouvait s'arrêter de tourner ainsi !

— Je crois qu'elle a de la fièvre, déclara Phoebe à l'intention de Paige.

Le cœur de Piper manqua un battement. Ce n'était jamais bon signe quand les gens commençaient à parler de vous comme si vous n'étiez pas dans la pièce. Elle s'appuya sur les mains et tenta de s'asseoir.

— Je vais bien… balbutia-t-elle, l'estomac au bord des lèvres comme si la pièce tourbillonnait en tous sens. Je… C'est peut-être un début de grippe.

Soudain, un démon avec une forme humaine féminine et des yeux rouges apparut dans la pièce, juste derrière Paige. Piper crut un instant qu'elle n'était qu'une hallucination mais Phoebe l'avait également remarquée.

— Paige ! Attention à toi ! cria Phoebe.

Habituée à ce genre de mise en garde, Paige se téléporta aussitôt à l'autre extrémité de la pièce, échappant de justesse au coup de poignard du démon. La créature rugit avec un son parfaitement inhumain et avança vers Piper et Phoebe.

— Euh… Piper ! cria Phoebe.

Piper tendit les mains et essaya de faire exploser le démon. Il y eut un léger *pouf* et une blessure apparut sur le bras du démon qui hésita quelques secondes, mais poursuivit néanmoins sa progression.

— Que s'est-il passé ? demanda Phoebe en bondissant sur ses pieds.

— Je ne sais pas, geignit Piper.

Elle fit plusieurs tentatives, mais réussit seulement à blesser la créature. Phoebe envoya un coup de pied dans le ventre du démon, mais il rebondit rapidement et coupa le bras de Phoebe avec sa lame.

— Aïe ! hurla Phoebe en pressant aussitôt une main sur sa plaie. Ça fait mal !

Elle envoya un autre coup de pied dans la poitrine du démon, le renvoyant contre le mur.

— Œil pour œil ! grinça le démon d'une voix nasillarde.

Il plongea vers Phoebe qui se mit en lévitation, puis Paige tendit le bras et cria :

— Poignard !

L'arme blanche vint se nicher dans la main de Paige. Elle la jeta à Phoebe qui l'attrapa et la plongea dans la poitrine du démon. Il hurla en agrippant le manche de toutes ses forces avant de disparaître dans une explosion de lumière pourpre.

— Je me demande ce que c'était ! déclara l'un des peintres en se précipitant dans la pièce.

— De quoi parlez-vous… exactement ? répondit Phoebe en s'éloignant de lui.

Piper, encore déconcertée par l'état de ses pouvoirs moribonds, l'observa attentivement. Il n'avait pas l'air d'avoir vu grand-chose, sinon il aurait un regard de fou, en ce moment. Alors que là, il avait simplement l'air un peu perturbé.

— On a entendu des cris et… du bruit, dit-il. Ça va, les filles ?

— Oui, oui, ça va ! répondit Paige en haussant les épaules. On faisait un peu les folles, c'est tout !

— Vous savez comment c'est, entre sœurs ! ajouta Phoebe avec un sourire renversant.

Le peintre les considéra un instant, se demandant pourquoi il avait accepté ce projet.

— Moi j'ai des frères, dit-il.

— Oh… alors vous ne pouvez pas savoir, répondit Phoebe. Mais c'est gentil de vous être inquiétés pour nous, dit-elle.

Elle le fit pivoter pour le remettre dans la bonne direction et le poussa légèrement vers la salle à manger.

— Que se passe-t-il avec tes pouvoirs ? demanda Phoebe en se précipitant vers Piper dès que le peintre fut assez loin pour ne plus l'entendre. C'était un démon assez faible, tu aurais dû pouvoir le vaincre.

— Je sais ! Je n'arrive pas à figer non plus ! ajouta Piper, désespérée. En fait j'y arrive, mais ça disparaît assez rapidement, comme au début, à l'époque où je venais d'avoir mes pouvoirs.

Phoebe et Paige échangèrent un regard préoccupé et Piper allait leur dire de ne pas se comporter ainsi devant elle quand sa vision se brouilla soudain.

Non, pas encore ! pensa-t-elle, se préparant à un nouveau malaise. Mais cette fois, il n'y en eut pas. Au lieu de cela, son esprit devint cotonneux, ses jambes flageolantes, et elle s'évanouit.

— Bon, là je commence à paniquer ! dit Paige à Phoebe tandis qu'elles se penchaient au-dessus de leur sœur.

Le cœur de Paige battait bizarrement, lui donnant l'impression d'étouffer. Ce n'était pas bon signe. Pourtant, elle était trop jeune pour avoir une crise cardiaque.

— Tout va bien. Elle s'est seulement évanouie, dit Phoebe en vérifiant le pouls de Piper.

Elle posa la tête de sa sœur sur un coussin, lui ôta ses chaussures et leva légèrement ses jambes pour la mettre dans une position confortable.

— Et si elle était vraiment malade ? demanda Paige en tâtant à son tour le front de sa sœur. Nous devrions prendre sa température, ajouta-t-elle en le trouvant assez chaud.

— Je ne suis pas sûre que ce soit quelque chose qui puisse être soigné avec de l'aspirine, dit Phoebe en se levant.

— Tu penses que ce n'est pas tout à fait naturel ? demanda Paige.

Elle ressentait la même crainte, mais espérait que Phoebe la détromperait. Une fièvre naturelle pouvait être soignée à l'hôpital, par des médecins. Une fièvre surnaturelle… comment y faire face ?

— Je ne sais pas, répondit Phoebe en enfonçant les mains dans les poches arrière de son jean. Une drôle de coïncidence, tu ne trouves pas ? Un jour, elle fait un vœu pour se dédoubler et le lendemain elle a de la fièvre, des nausées et ses pouvoirs ne fonctionnent plus.

— C'est sans doute parce qu'elle fait usage de sa magie à des fins personnelles, fit remarquer Paige.

— J'en ai bien peur, en effet, répondit Phoebe.

Ensemble, elles regardèrent Piper qui respirait faiblement, comme dans un profond sommeil. Sa peau était tellement blanche qu'elle semblait presque translucide. Paige eut la soudaine impression d'observer la dépouille de sa sœur dans un cercueil et fut parcourue d'un frisson. Il fallait qu'elle regarde ailleurs, qu'elle aille ailleurs. Il devait y avoir quelque chose à faire.

Mais quoi ?

Si seulement Léo était là, pensa Paige. *Il saurait*

quoi faire. Ah, non... Léo ! L'autre gros problème à résoudre !

— Je vais chercher les ingrédients pour la potion et me mettre au travail, annonça-t-elle en se rendant compte que la recette était toute froissée dans la paume moite de sa main.

Au moins avait-elle un projet précis en ce qui concernait Léo. Travailler sur la potion d'anéantissement de Malagon lui occuperait l'esprit et ferait avancer les choses.

— Et les peintres ? demanda Phoebe.

— Je leur dirai simplement que je prépare une sauce pour les pâtes, dit Paige en considérant la liste. Une sauce assez répugnante et nauséabonde...

— Très bien. Moi je vais replonger le nez dans le *Livre des Ombres* pour voir s'il n'y a pas quelque chose qui puisse nous aider pour Piper.

— Phoebe, on l'a déjà consulté deux fois hier soir. Il n'y a rien qui ressemble, de près ou de loin, à une potion de dédoublement. Le rituel d'inversion de vœu était la meilleure solution envisageable.

— Je sais, mais nous avons dû oublier quelque chose, répondit Phoebe d'une voix ferme. Je ne peux pas voir Piper souffrir ainsi en restant les bras croisés.

Paige se dirigea vers sa sœur et la prit dans ses bras pour la réconforter.

— Tu as raison. Nous allons trouver une solution, lui dit Paige. Nous en trouvons toujours une.

— Alors, dit Phoebe, un air décidé sur le visage, on y va ! Au travail !

CHAPITRE 10

Après avoir remis ses propres vêtements, un pantalon de daim marron et un débardeur blanc, Piper II s'était installée au bar, la tête dans les mains, les yeux rivés sur la liste de tout ce qui restait à faire avant le défilé de mode du samedi. Elle avait ramassé ses cheveux en une queue-de-cheval afin qu'ils ne retombent pas indéfiniment sur son visage et s'efforçait de respirer avec régularité afin de maîtriser une nouvelle vague de vertige tout en relisant une énième fois cette maudite liste.

Il fallait qu'elle appelle son fournisseur de boissons pour s'assurer que la livraison de mini-bouteilles d'Evian était bien en route. Elle devait également relancer certains VIP qui n'avaient toujours pas répondu à l'invitation. Sans parler des videurs qu'il fallait rencontrer avant d'élaborer la liste définitive des invités. Piper lisait chaque ligne, mais ne parvenait pas vraiment à se concentrer à cause des bouffées de chaleur qui ne cessaient de la submerger et de ces incessantes migraines qui lui martelaient la tête.

Elle prit une longue inspiration et but une gorgée d'eau. Jetant un coup d'œil à son portable posé juste à côté de tous ces papiers, elle envisagea un instant d'appeler la maison pour voir comment allait l'autre

Piper, puis renonça. Elle ne voulait pas vraiment savoir si Piper I avait les mêmes symptômes qu'elle car dans ce cas, ce serait vraiment quelque chose de sérieux dont elle ne voulait surtout pas entendre parler en ce moment. Et puis, elle n'avait aucune envie de se replonger dans le drame qui s'était déroulé au Manoir. Il y avait déjà largement de quoi paniquer ici…

— Je veux commencer le défilé avec les tenues du soir ! Les *tenues du soir* ! hurla pratiquement Rinaldo en passant avec Sharon juste derrière Piper. Pourquoi faut-il que tu *insistes* pour me contrarier ainsi !

— Rinaldo, il faut que tu gardes le meilleur pour la fin, lui dit Sharon en essayant de se montrer diplomate. Les tenues du soir couronneront mieux le spectacle que tes tenues sportswear.

Le visage de Rinaldo passa du rouge à l'écarlate. Marsha se précipita sur la scène avec une bouteille d'eau minérale, espérant calmer l'orage qui s'annonçait.

— Tiens, Rinaldo. Bois ça, lui dit-elle en lui tendant la bouteille.

— Pas question ! cria Rinaldo en envoyant voler la bouteille d'un revers de la main, arrosant Marsha et Sharon au passage.

La bouteille rebondit à travers la scène, éclaboussant tout au passage. Marsha battit rapidement des paupières tandis que son mascara commençait à dégouliner sur son visage, dessinant des sillages noirs sur ses joues.

— Et je ne vais pas rester là à t'écouter insulter ma collection ! cracha-t-il au visage de Sharon.

— Rinaldo, tu sais très bien que ce n'était pas mon intention, dit Sharon en gardant son calme malgré les taches qui constellaient son chemisier blanc. Je pense simplement qu'il serait plus naturel de commencer par les tenues du jour pour finir avec les tenues du soir.

— Eh bien, tout le monde fait ça et je n'ai pas l'intention d'être prévisible ! hurla Rinaldo en agitant les bras comme un forcené.

Il tourna les talons, sauta du podium, attrapa son manteau long et son sac.

— Je vais aller me chercher du vrai café. Vous m'appellerez quand vous serez décidés à me traiter comme il se doit.

Il sortit et Piper entendit la porte claquer à deux reprises. Sharon leva les yeux au ciel et retourna à ses occupations, Marsha sur les talons, en train d'essuyer ses joues avec un mouchoir en papier.

Piper haussa les épaules et laissa échapper un soupir.

Surtout ne plus jamais travailler avec ces cinglés de la mode ! se dit-elle.

— C'était plutôt intéressant, non ? demanda Douglas en apparaissant à côté d'elle.

— C'est le moins qu'on puisse dire.

Elle était ravie d'avoir une excuse pour repousser ses paperasses sur le côté. De toute façon, cette liste ne faisait qu'accentuer sa migraine.

— Comment arrives-tu à travailler avec ce type ? demanda-t-elle en se tournant vers lui.

— Oh, c'est comme travailler avec des enfants ! dit Douglas, les yeux pétillants de gourmandise en défaisant le papier d'une sucette acidulée pour la mettre en bouche. Et je me débrouille super bien avec les gamins, tu sais.

— Vraiment ? fit Piper, étonnée.

— Non. Mais alors pas du tout, du tout, du tout ! dit-il en éclatant de rire.

Piper fut quelque peu décontenancée. Douglas arrivait à la faire rire ? Voilà qui était inattendu ! Puis elle se rendit compte que sa migraine s'était évanouie et qu'elle se sentait bien mieux. Elle but une gorgée d'eau glacée et soupira.

C'est vraiment bizarre, cette euphorie qui naît dès qu'on se porte mieux, pensa-t-elle. Comme par magie, Piper se sentit capable d'entreprendre n'importe quoi !

— Bon, moi je meurs de faim ! déclara-t-il en jouant avec sa sucette. Tu viens manger un morceau avec moi ?

— Oh, je ne sais pas, répondit-elle en baissant les yeux sur sa satanée liste.

Douglas se leva et tira sur les manches de sa chemise complètement froissée.

— Comme tu voudras, mais Rinaldo va revenir d'une minute à l'autre. Es-tu certaine de vouloir être là ?

— Tu as marqué un point, dit-elle en sautant de son tabouret.

Après tout, elle pouvait terminer son travail plus tard. Autant profiter de ces minutes de répit entre deux malaises pour sortir un peu. Et puis qui sait… le prochain allait peut-être la laisser sur le carreau pour de bon… Elle ramassa donc son sac à main et sa veste de cuir.

Quand Piper s'installa dans la jolie petite voiture de Douglas, tournant son visage vers le soleil, elle s'empressa d'oublier ses inquiétudes. Douglas alluma la stéréo et s'engagea adroitement dans la circulation. Le vent s'engouffra immédiatement dans les cheveux de Piper, caressa sa nuque, et elle continua à se sentir de mieux en mieux. Au diable les Etres des Ténèbres, les démons et les remords d'avoir usé de magie à des fins personnelles dans cette affaire de double Piper. C'était super d'être jeune et libre !

Phoebe composa le numéro du portable de Piper pour la centième fois et retenait son souffle en collant le téléphone à son oreille. Il n'y avait même pas de sonnerie avant que le répondeur ne se déclenche. Furieuse, elle appuya sur la touche d'annulation d'appel, résistant difficilement à l'envie de jeter l'appareil à l'autre bout de la cuisine. Comment Piper II pouvait-elle couper son téléphone alors qu'il y avait toutes ces urgences à la maison ? Il y avait tellement de choses qui allaient mal qu'il était pratiquement impossible d'y faire face !

— Je ne sais pas pourquoi tu continues à l'appeler, dit Piper I, installée à la table de la cuisine. Nous n'avons pas besoin d'elle pour ce que nous avons à faire, puisque nous avons le Pouvoir des Trois !

— Est-ce que je sens un peu d'amertume ? demanda Paige en versant la potion d'anéantissement dans trois fioles.

Le mélange, qui avait été d'un vert profond dans la casserole, était devenu noir et épais en refroidissant. Elle fronça le nez en mettant les bouchons. Pouah ! L'odeur n'était vraiment pas agréable du tout !

— Non, je ne suis pas amère, protesta Piper en ramassant quelques éclats de peinture écaillée oubliés par les peintres. Si elle se fiche de ce qui arrive à Léo, tant pis ! Je m'inquiète suffisamment pour deux.

Phoebe resta un instant perplexe, se demandant comment cela pouvait fonctionner. Les deux Piper n'en formaient-elles pas une seule ? Mais elle décida de ne pas s'appesantir là-dessus. Tout ce qu'elle savait, c'est que si Piper II était une véritable Piper, elle serait ici, à la maison, tout aussi inquiète au sujet de Léo que Piper I.

— Peut-être, mais je me sentirais plus rassurée si

nous étions toutes ensemble, dit Phoebe en s'asseyant en face de Piper I. Mais tu as raison. Techniquement, nous détenons toujours le Pouvoir des Trois.

— Ça y est, tout est prêt ! annonça Paige en tendant une fiole à chacune de ses sœurs.

Elle lança la sienne en l'air et la rattrapa pour l'agiter devant Piper et Phoebe en faisant une drôle de mimique.

— Alors ? Prêtes pour une petite partie d'anéantissement ?

Phoebe considéra Piper d'un œil inquiet. Cela ne faisait pas plus d'une heure qu'elle avait émergé de sa perte de conscience et elle semblait encore complètement groggy. Les cheveux en bataille, le teint pâle, on aurait dit qu'elle avait attrapé une mononucléose ou une méchante grippe.

— Qu'est-ce qu'il y a ? demanda Piper en remarquant l'expression de Phoebe.

Celle-ci s'éclaircit la gorge et fit une grimace. Il y avait quelque chose dans cette situation qui la préoccupait. Elle ne voulait surtout pas entraîner sa sœur dans cette bagarre si elle n'était pas prête.

— Comment te sens-tu ? lui demanda-t-elle.

— Très bien, répondit brièvement Piper en se levant avec quelque difficulté. Allons récupérer mon mari, ensuite j'irai beaucoup mieux.

Elle agrippa sa fiole avec une telle force que les articulations de ses doigts avaient blanchi, et s'appuya de l'autre main sur l'épaule de Paige. Phoebe voyait bien que Piper était faible et qu'elle essayait de faire bonne figure, mais elle n'avait pas envie d'insister. Si Piper disait qu'elle était prête, alors elle l'était. D'ailleurs, elles n'avaient guère le choix. L'heure limite à laquelle elles devaient renoncer à leurs pouvoirs approchait rapidement et si elles ne récupéraient pas Léo au plus vite ils seraient tous dans de beaux draps sous peu.

— Vous êtes prêtes, les filles ? demanda Paige.

— Prêtes ! répondirent Piper et Phoebe à l'unisson, en s'accrochant au bras de Paige.

C'est du moins ce qu'espérait Phoebe tandis qu'elles se téléportaient vers Léo.

Quand les pieds de Paige touchèrent le sol, ce fut dans une immense caverne aux murs escarpés, barbouillés de rouge, avec une espèce de substance soyeuse et noire qui tenait lieu de sol.

Pourquoi vivent-ils toujours dans ces espèces d'antres glauques ? pensa Paige.

Puis elle remarqua une armée d'Etres des Ténèbres qui formait un cercle plutôt menaçant autour des trois sœurs. Pendant un bref instant, l'apparition des Charmed fut une telle surprise qu'aucun d'entre eux ne bougea, mais très vite ils sortirent leurs armes et les pointèrent en direction de Paige et ses sœurs. Une collection plutôt impressionnante d'arbalètes, d'épées et de masses d'armes. Instinctivement, Paige recula d'un pas et se posta derrière Phoebe. Toutes ces armes avaient été trempées dans un poison spécialement conçu pour tuer les Etres de Lumière, donc elle.

— Léo ! dit Piper en se retournant.

— Que fais-tu ici ? demanda Léo.

Il avait l'air à la fois soulagé et livide.

C'est alors que Paige aperçut la cage. Léo se tenait à l'intérieur d'une cellule ovoïde formée de barreaux noirs aux contours flous. De toute évidence, il s'agissait d'une espèce de substance magique. Il avait l'air fatigué et hagard, le menton couvert d'une barbe de plusieurs jours. Jamais elle ne l'avait vu dans un tel état d'abandon et son cœur se brisa.

Soudain, la rangée d'Etres des Ténèbres se scinda et un homme aux proportions de géant apparut devant elles. Sa longue tignasse, ses yeux perçants et son comportement arrogant rappelèrent immédiatement à Paige les chevaliers celtes de la légende arthurienne, tels qu'on les dépeint généralement dans les livres de contes et les films sur les Chevaliers de la Table ronde.

Ce doit être Malagon, pensa Paige en remarquant la manière déférente dont le regardaient les autres Etres des Ténèbres. Certains baissaient même la tête quand il passait devant eux. Chaque pas de ce démon à la stature démesurée faisait trembler les murs.

— Tiens, vous êtes en avance ! dit Malagon sur un ton joyeux.

Sa voix tonitruante rebondissait sur les murs en un écho sinistre. Quand il souriait, son visage devenait encore plus effrayant, avec un petit air de chacal cruel.

— J'adore les femmes qui savent prendre des décisions. C'est tellement rare, ajouta-t-il en se plantant devant elles, les bras croisés sur sa tunique de fourrure. Êtes-vous donc prêtes à renoncer à vos pouvoirs ?

Les trois sœurs le considérèrent avec mépris. Ce démon géant, ancien Etre des Ténèbres, n'était rien face au Pouvoir des Trois. Il n'allait même pas se rendre compte de ce qui l'attendait !

— Piper ! Va-t'en ! cria désespérément Léo. Phoebe, Paige ! Écoutez-moi ! Vous ne pouvez pas renoncer à vos pouvoirs pour moi ! Ils nous tueront de toute façon. Ne faites pas ça !

— Nous ne le ferons pas, lui dit Piper en rejetant ses cheveux en arrière.

Ensemble, les trois sœurs jetèrent leurs fioles aux

pieds de Malagon où elles éclatèrent, l'enveloppant d'un manteau de flammes. Les Etres des Ténèbres avaient commencé à s'approcher des sœurs, mais la force de l'explosion fut telle qu'elle les projeta en arrière et ils s'écrasèrent contre les murs. Un petit cadeau maison !

Malagon laissa échapper un hurlement terrifiant en se débattant contre les flammes, mais il ne parvint pas à se libérer. Cela ne suffisait pas pour l'anéantir complètement. Elles avaient besoin du sortilège pour cela.

Paige tendit les mains et sentit la peau de Phoebe, fraîche et sèche, puis celle de Piper, fiévreuse et humide. Mais elle s'efforça d'ignorer son inquiétude grandissante au sujet de Piper et concentra toute son énergie sur le sortilège. Bientôt, elles seraient sorties de ce guêpier et Léo les aiderait à prendre soin de Piper… et de Piper.

Par le sang et par les cendres
Toi qui du passé maudit as surgi,
Par le Pouvoir des Trois sois banni,
Quitte ce royaume, disparais à jamais !

Rien ne se passa. Paige se tourna vers ses sœurs dont l'expression inquiète reflétait la sienne. Malagon, les poings serrés, parvint à lever ses bras et à traverser le mur de feu.

Par le sang et par les cendres
Toi qui du passé maudit as surgi,
Par le Pouvoir des Trois sois banni,
Quitte ce royaume, disparais à jamais !

Elles eurent à peine fini de prononcer les dernières paroles de cette deuxième tentative que Malagon se mit à sourire. Le feu s'était pratiquement évanoui et les Etres des Ténèbres se relevaient les uns après les autres pour avancer vers les Charmed. Ils n'avaient pas l'air content du tout !

— Attention, les filles ! cria Phoebe. Baissez-vous !

Malagon envoya une grosse boule d'énergie dans leur direction. Paige se laissa tomber sur le sol, entraînant Phoebe avec elle. Piper, quant à elle, réussit à éviter le projectile au millimètre près. La boule d'énergie bleue explosa contre la cage de Léo, le précipitant contre les barreaux. Il se tint le bras et hurla de douleur.

Paige rampa vers Piper tandis que Malagon se tournait de nouveau vers elle, envoyant une autre boule d'énergie. Piper leva alors les mains et dirigea faiblement son pouvoir sur Malagon, mais sans succès. Cette fois, il n'y eut même pas de blessure comme précédemment, sur le démon de rang inférieur.

— Pourquoi ça ne marche pas ? gémit-elle au bord de la crise de nerfs.

Elle fit plusieurs autres tentatives, sans aucun résultat.

— Phoebe ! Viens ici ! cria Paige.

Grâce à quelques coups de pied bien appliqués, Phoebe élimina deux Etres des Ténèbres, puis rejoignit ses sœurs. Elle plongea au sol en les protégeant de ses bras. Malagon dominait maintenant Piper, Paige et Phoebe, les harcelant de boules d'énergie qu'il faisait dribbler sur le sol comme un joueur de basket.

— Viens, Piper, il faut qu'on sorte d'ici ! souffla Paige dans l'oreille de sa sœur.

— Non ! On ne peut pas abandonner Léo ! protesta Piper, le visage inondé de larmes.

Cette fois, elle craquait complètement. Paige s'efforçait de garder la tête froide, mais ce n'était pas chose facile. Alors Phoebe prit leurs mains et les serra très fort, comme pour leur transmettre un peu de force. Ensemble, les trois sœurs levèrent les yeux vers Malagon.

— Jolie tentative, leur dit-il en les narguant. Mais je vous pardonnerai cette petite rébellion non pas pour me montrer bon prince, mais parce que j'ai besoin de vos pouvoirs. Il vous reste encore douze heures.

Il leva la boule d'énergie au-dessus de sa tête, s'apprêtant sans doute à la lancer vers elles. Prise de panique, Paige téléporta aussitôt ses sœurs hors de la caverne, malgré les protestations véhémentes de Piper.

CHAPITRE 11

— Pourquoi nous as-tu téléportées ici ? cria Piper d'une voix presque hystérique.

Le visage baigné de larmes, elle s'était arrachée de l'emprise de Phoebe et de Paige à l'instant même où elles étaient arrivées dans le salon du Manoir.

Phoebe sentit son cœur se serrer. Jamais elle n'avait vu sa sœur dans cet état. Leur aînée ne pleurait qu'à de rares occasions. Il fallait pour cela qu'elle atteigne le fond du désespoir… ou qu'elle perde un être très cher.

— Parce qu'il le fallait ! rétorqua Paige, désemparée par l'état de sa sœur. Malagon allait nous tuer !

— Non, pas du tout ! Ce n'est pas vrai ! dit Piper en faisant les cent pas derrière le canapé, les bras croisés. Malagon disait qu'il avait besoin de nous, qu'il voulait seulement nos pouvoirs. Nous mortes, il n'aurait jamais pu les obtenir !

Les joues laiteuses de Paige rosirent sous le regard accusateur de Piper.

— Je… Je suis désolée… Mais il était sur le point de nous envoyer cette balle d'énergie et…

— Et tu as simplement décidé d'abandonner Léo là-bas ?

— Le sortilège n'a pas fonctionné. Que pouvions-nous faire d'autre ? intervint Phoebe.

— Je n'en sais rien… Quelque chose ! hurla Piper. Tout sauf l'abandonner ! Tu l'as vu, Phoebe ? Il était blessé et seul et…

Puis Piper éclata en sanglots, le visage caché dans ses mains. Phoebe la prit par les épaules et la dirigea vers le canapé. Piper était encore très faible et si elle ne prenait pas tout de suite un peu de repos, elle finirait par perdre de nouveau connaissance.

— Je suis désolée, murmura Paige. J'ai peut-être réagi un peu vite.

— Je sais, répondit Piper en reniflant pour endiguer le flot des larmes. Moi aussi, je suis désolée. C'est juste que… je ne comprends pas ce qui se passe. Mes pouvoirs ont pratiquement disparu et je ne sais pas comment les récupérer. Et ce sortilège qui n'a pas fonctionné…

— On ne sait pas si tout ça est lié, dit Phoebe en frottant doucement le dos de Piper pour la calmer.

— Oh, je t'en prie, Phoebe ! protesta Piper en lançant un regard incrédule à sa sœur. Tu crois que c'est juste une coïncidence si notre sortilège du Pouvoir des Trois ne réussit pas le jour où j'ai des malaises, quand je tombe dans les pommes et que mes pouvoirs sont en train de disparaître ?

— Bon, il y a peut-être une corrélation, admit Phoebe. Mais je ne veux pas que tu penses que c'est ta faute.

— Oui, il nous suffit simplement d'une stratégie de secours, renchérit Paige. On est plutôt douées pour ça, non ?

— Exactement ! Il faut trouver un moyen pour que tu récupères toute ta puissance, lui dit Phoebe. Une fois que ce sera fait, ce misérable n'aura plus qu'à bien se tenir !

Piper se laissa aller contre le dossier du canapé, plus faible que jamais.

— C'est sympa de votre part. Mais pour être honnête, j'ai déjà oublié ce que c'était que d'avoir toute ma puissance. Je dirais même que je me sens de plus en plus patraque.

À cet instant, la porte d'entrée s'ouvrit à la volée. Paige et Phoebe se précipitèrent vers le hall et virent Piper II, soutenue par un type incroyablement sexy. Mais Phoebe n'eut pas le temps de s'attarder sur les traits du beau spécimen de la gent masculine. Piper avait un bras accroché autour de la nuque du bellâtre et l'autre tombait mollement dans le vide. À chaque pas, sa tête rebondissait pitoyablement contre l'épaule de l'homme qui la soutenait apparemment sans effort.

— Êtes-vous ses sœurs ? demanda-t-il avec un accent très british.

— Oui. Que lui est-il arrivé ? demanda Phoebe en se précipitant vers eux.

— On déjeunait tranquillement à mon appartement quand elle s'est simplement évanouie. Elle bavardait gaiement et une seconde plus tard elle est tombée dans les pommes.

Phoebe échangea un regard surpris avec Paige. C'était exactement ce qu'elles craignaient. Les deux Piper souffraient de la même maladie. Et toujours à cause de leur utilisation abusive de la magie !

— Une minute. Vous étiez *à votre appartement* ? s'offusqua soudain Paige.

Oh, oh... voilà qui devient intéressant, pensa Phoebe.

— Nous sommes en relation d'affaires, se justifia l'homme, moyennement convaincant.

Bizarre, bizarre !

Piper II se redressa un peu, fournissant un vaillant effort.

— Je vous présente Douglas, murmura-t-elle en souriant faiblement.

— Ravi de faire votre connaissance, dit Douglas d'un ton plutôt amène.

— Est-elle ivre ? demanda Paige en regardant sa sœur passer sensuellement la main sur la poitrine de l'homme.

Tout à fait déplacé !

— Je ne crois pas, rétorqua Douglas. Juste un peu groggy.

— Bon, faites-la entrer, dit Phoebe.

Il était inutile de continuer ce dialogue de sourds sur le pas de la porte. Elles pourraient toujours en savoir plus sur cet inconnu et la présence de leur sœur dans son appartement un peu plus tard. Le plus urgent était de soigner Piper.

Phoebe et l'homme-mystère portèrent Piper II dans le salon où Piper I était déjà étalée sur le canapé, la tête calée sur des coussins, les pieds traînant par terre.

— Ah, c'est vous ! dit Piper I avec une mine de dégoût.

Douglas s'arrêta un instant sur le seuil de la pièce, puis se tourna vers sa protégée.

— Vous avez une sœur jumelle, Piper ? demanda-t-il en fronçant les sourcils.

— Oui, c'est un peu ça, répondirent les deux Piper à l'unisson.

Piper II se détacha de Phoebe et se laissa affaler sur le canapé, dans la même position que Piper I, mais orientée vers la direction opposée. Une fois de plus, les deux Piper ressemblaient aux reflets parfaitement identiques d'un miroir.

— Elle aussi est malade ? demanda Douglas en considérant Piper I.

— Oui, Pip… euh, je veux dire Pily, a été mal fichue toute la journée, dit Paige en tapotant sur l'épaule de Piper I. Sans doute une douleur de solidarité…

— C'est un truc de jumeaux, répondit Phoebe au regard sceptique de Douglas.

— Je ne suis pas Pily ! protesta Piper I. Si quelqu'un est Pily, ici, c'est elle !

Elle ponctua sa remarque d'un petit coup de pied en direction de Piper II qui protesta en grommelant.

— Eh bien, nous vous remercions de nous l'avoir ramenée à la maison ! dit Phoebe en essayant de pousser Douglas vers la sortie avant que la situation ne devienne encore plus suspecte.

Mais Piper II se redressa sur son siège.

— Attends ! cria-t-elle.

Douglas se tourna vers Piper II.

Devant une Phoebe éberluée, sa sœur tira sur la veste du bellâtre, planta un gros baiser sur ses lèvres, puis retomba sur le canapé en disant :

— Merci, Douglas. J'ai passé un moment délicieux !

— Quoi ? Tu es folle ? hurla Piper I en se redressant à son tour. Tu viens d'embrasser ce crapaud ?

— Euh… je crois que je ferais mieux d'y aller, balbutia Douglas en se redressant tout en défroissant sa veste.

Phoebe le raccompagna jusqu'à la porte qu'elle ferma sur lui. Avant de retourner dans le capharnaüm du salon, elle prit une profonde inspiration. Piper I et Piper II étaient déjà toutes deux engagées dans une belle querelle et la pauvre Paige essayait désespérément de jouer la médiatrice. Il était temps que quelqu'un reprenne la situation en main.

Je suppose que ce sera moi, pensa Phoebe. *Parfois c'est vraiment révoltant d'être coincée entre l'aînée et la cadette !*

Retournant dans le salon, elle leva une main.

— Hé ! Hé ! Hé ! Hé ! cria-t-elle, coupant court à tous ces hurlements.

Elle fusilla Piper II du regard.

— Je crois qu'on se demande toutes ce qui se passe avec toi ! dit-elle.

Piper I attendit la réponse en tambourinant des doigts d'un air impatient.

— C'est à vous de me le dire ! protesta Piper II. Je n'arrête pas d'avoir des malaises et mes pouvoirs n'ont pas fonctionné de la journée !

Phoebe, Piper I et Paige se regardèrent et un nouveau vent de panique souffla au-dessus de leurs têtes. Les deux Piper s'affaiblissaient et leurs états respectifs empiraient. Dans combien de temps seraient-elles au plus mal ?

— Paige, va chercher le *Livre des Ombres*, dit Phoebe. Nous allons trouver une explication une fois pour toutes !

Léo s'assit dans sa cellule en tenant son bras blessé. Si seulement il possédait le pouvoir de se guérir ! Avec un os brisé, il était bien difficile d'afficher un visage téméraire devant les Etres des Ténèbres. Mais l'incertitude était encore pire que la douleur. Ne pas savoir ce qui arrivait à Piper… La seule pensée qu'elle puisse être en danger le rendait fou.

Autour de lui, les Etres des Ténèbres bavardaient, riaient ou se mettaient spontanément à se battre comme des brutes. Ces créatures étaient violentes par nature, elles vivaient pour tuer et cette attente inactive les rendait encore plus dangereuses.

Quoi que vous fassiez, ne revenez pas ici ! pensa Léo en espérant pouvoir réellement communiquer avec Piper et ses sœurs. Il savait pourtant qu'en ayant échoué une fois, elles feraient une deuxième tentative. Ce n'était qu'une question de temps avant qu'elles imaginent une autre solution. Mais ramener Paige ici serait mortel pour elle. Pour toutes les trois, d'ailleurs.

Ce qu'elles savaient probablement déjà en venant ici la première fois, pensa Léo. Il remua ses jambes en faisant une grimace de douleur. Il ignorait comment elles l'avaient retrouvé, mais il était fier de Paige qui les avait téléportées jusqu'ici. Elle qui était encore si novice avec ses pouvoirs d'Etre de Lumière ! Par ailleurs, il aurait préféré qu'elle échoue, que les Charmed ne risquent pas leurs vies pour lui. Elles auraient été obligées de rester au Manoir, saines et sauves. Enfin, presque… Les trois sœurs n'étaient jamais en sécurité, où qu'elles soient !

Il reposa sa tête contre les barreaux et soupira. Il n'était pas surpris que les Charmed mettent leur vie en danger pour essayer de l'aider. Après tout, il aurait fait la même chose pour chacune d'entre elles. Mais il était vraiment surpris que leur sortilège et leur potion n'aient pas fonctionné. Elles ne seraient jamais venues sans être parfaitement bien préparées. Alors que s'était-il passé ?

Piper, pensa Léo.

Il avait essayé de repousser cette pensée depuis que les sœurs étaient reparties, mais il ne pouvait plus se le cacher plus longtemps. Piper avait un sérieux problème. Il l'avait senti dès qu'il l'avait vue. Elle était malade… faible et livide, les yeux fatigués et rougis. Était-il possible que l'origine de cette faiblesse ait également affaibli le Pouvoir des Trois ?

Mais comment ? La dernière fois qu'il l'avait vue, elle était en pleine forme. Pouvait-elle être tombée malade si vite ?

Cette pensée le rendait fou et il s'efforça de songer à autre chose. Mais c'était impossible. Ici, il ne pouvait rien faire que de ressasser ses sombres pensées.

Quoi que vous fassiez, ne revenez pas ici, pensa encore Léo en retenant son souffle le temps de bouger son bras. La douleur remontait jusqu'à l'épaule et lui vrillait les tempes. *Surtout si Piper est malade. Vous pouvez vous débrouiller sans moi. Vous n'avez pas besoin de moi pour aller au bout de votre destin.*

La perspective que Piper puisse le perdre ou qu'il puisse perdre Piper lui déchirait le cœur, mais il ne devait pas y penser, pour l'instant. Il ne fallait pas qu'il se montre égoïste. Les Charmed n'avaient pas besoin de lui. On leur attribuerait un nouvel Etre de Lumière et la vie continuerait.

Ne revenez pas, pensa Léo. *Le monde ne peut se permettre de perdre le Pouvoir des Trois.*

— Il n'y a rien là-dedans, décréta Paige en refermant le *Livre des Ombres* d'un geste rageur, manquant se blesser. Ça fait dix fois qu'on le consulte !

— Ce n'est pas possible, lui dit Phoebe en rouvrant le Livre. Il y a sûrement quelque chose à faire. Il y a toujours quelque chose à faire !

Phoebe feuilleta le grimoire. Le bruissement sourd des pages emplissait le grenier et Paige recula d'un pas. Elle ne voulait pas l'admettre, pas plus que Phoebe, mais la situation semblait désespérée. Le *Livre des Ombres* ne contenait aucun élément concernant le sortilège de duplication. Si ce sortilège n'existait pas, comment l'inverser ? Et si elles ne pouvaient l'inverser, Piper I et Piper II étaient fichues !

— Crois-tu vraiment que l'existence des deux Piper ait pu provoquer l'échec du Pouvoir des Trois ? demanda Paige en traversant la pièce.

Elle avait besoin d'air. Et de bouger. L'immobilité la rendait folle. Si elle restait enfermée ainsi plus longtemps, elle allait attraper des rides d'expression… ou plutôt de frustration !

— Quelle autre raison pourrait-il y avoir ? demanda Phoebe.

Elle tournait les pages sans même les regarder. Cela lui occupait simplement les mains.

— Piper avait raison. Il y a trop de coïncidences. Tout est dû à l'utilisation de la magie à des fins personnelles.

— Ou à un effet secondaire du vœu, suggéra Paige.

Elle tournait et retournait cette idée dans sa tête en arpentant le grenier. Peut-être y avait-il tout de même un moyen d'inverser le vœu. Avaient-elles oublié quelque chose dans la préparation du rituel ? Peut-être qu'en essayant encore…

Paige sentit tout à coup un tiraillement. Elle fit un pas de plus, puis entendit un bruit de déchirure. En jetant un coup d'œil à l'ourlet, elle remarqua une entaille de cinq centimètres qui remontait de l'ourlet. Elle se pencha et vit la pointe d'un clou dépasser d'un vieux coffre.

— Il ne manquait plus que ça ! grommela-t-elle en faisant la grimace.

L'étoffe fine commençait déjà à s'effilocher.

— Ça va ? demanda Phoebe en levant les yeux du grimoire.

— Si on veut. Ma jupe est fichue ! Elle vient de se fendre juste à…

Paige s'interrompit soudain, comme illuminée de l'intérieur. L'ourlet toujours dans la main, elle ressassa son idée pour être sûre d'avoir bien compris.

— Mon Dieu ! C'est ça ! s'écria-t-elle. C'est parfaitement logique !

— Qu'est-ce qui est parfaitement logique ? demanda Phoebe, l'air fatiguée.

— Piper ! Elle ne s'est pas dédoublée, mais divisée en deux ! s'exclama Paige au comble de l'excitation. Je n'en reviens pas qu'on n'y ait pas pensé plus tôt !

Intriguée, Phoebe contourna le pupitre où reposait le Livre et vint se planter devant Paige, les yeux écarquillés d'espoir.

— Bon, dis-moi à quoi tu penses, d'accord ?

— Si Piper s'était vraiment dédoublée, techniquement elle ne serait pas devenue plus faible, mais aurait au contraire doublé ses pouvoirs, exact ?

— Exact…

— Tiens, regarde ! continua Paige en tendant l'ourlet sous les yeux de sa sœur. À l'instant où le tissu s'est divisé, il a commencé à s'effilocher. Il s'est affaibli. Tu comprends ?

— Donc, quand Piper a souhaité être deux…

— Elle ne s'est pas dédoublée, dit Paige. Elle s'est divisée en deux personnes.

— Ce qui expliquerait pourquoi Piper II agit aussi bizarrement. Peut-être que l'une des Piper possède certains traits de caractère de Piper et la deuxième les autres…

— Exactement ! s'exclama Paige qui n'avait même pas pensé à cet aspect des choses. C'est pourquoi Piper I se comporte comme une parfaite fée du logis, avec un profond sens des responsabilités, et qu'elle a paniqué au sujet de Léo alors que l'autre Piper achetait des blousons en cuir, faisait la fête et s'occupait du *P3* ou…

— … embrassait les premiers venus… suggéra Phoebe.

— C'est parfaitement logique, dit Paige.

— Bon. Alors disons que cette théorie est la bonne, poursuivit Phoebe en marchant de long en large devant Paige. Qu'est-ce que cela signifie ? Piper I et Piper II continueront-elles à devenir de plus en plus faibles ?

— Je ne sais pas. Peut-être.

— C'est une mauvaise nouvelle. Nous devons inverser ce processus, mais comment ?

— On a déjà essayé de l'inverser, dit Paige.

Puis la vérité la frappa comme un train à vive allure. Elle savait pourquoi le rituel n'avait pas réussi.

— Elle n'y avait pas mis tout son cœur, soufflat-elle.

— Qui ?

— Piper II, répondit Paige. C'est tout à fait ça ! C'est elle qui a tous les traits de caractère d'une irresponsable. Elle veut continuer à faire la fête. Cela lui est parfaitement égal de sauver Léo ou de prendre part au Pouvoir des Trois.

— Mon Dieu ! Tu as raison ! Il faut qu'on trouve un moyen de les rassembler sans passer par le système du vœu sincère. Tu as une idée ?

Paige se sentait complètement perdue. Elle comprenait mieux ce qui s'était passé, mais n'avait pas la moindre ébauche d'une solution possible. Elles régressaient…

— Je suis la seule à devoir faire fonctionner les méninges, ici ? protesta-t-elle.

— Oh, j'ai une idée ! s'écria Phoebe. Et si on récrivait le sortilège *Trouver une Sorcière Perdue* afin qu'il réunisse l'âme d'une sorcière… ou son corps… ou…

Elle considéra Paige en se mordillant la lèvre inférieure. Ce n'était pas génial, mais avaient-elles une autre piste ?

Paige prit un crayon et un bloc-notes sur la table.

— On peut toujours essayer ! C'est peut-être notre dernière chance…

CHAPITRE 12

Suivie de sa sœur, Phoebe descendit l'escalier tout en cherchant un moyen d'annoncer aux Piper la théorie de Paige. Sans trop les effrayer, cependant. Elle-même, d'ailleurs, n'avait pas eu aussi peur depuis longtemps. Si la théorie de sa sœur était correcte, il était fort possible que les deux Piper continuent à s'affaiblir, jusqu'à ce qu'elles…

Phoebe préférait ne pas y penser. Peu lui importait de vivre avec deux Piper jusqu'à la fin de ses jours. C'était bien mieux que sans aucune d'entre elles.

— Ça va aller ? demanda Paige quand elles atteignirent le salon.

— Oui, je crois, répondit Phoebe, les genoux tremblants.

Piper I et Piper II étaient toujours assises côte à côte sur le canapé du salon, plutôt crispées. Phoebe n'eut aucun mal à comprendre que les Piper n'étaient pas contentes du tout. Elles parlaient à voix basse, mais le ton semblait tendu et elle avait l'impression que Piper I reprochait à Piper II d'avoir disparu toute la journée et d'avoir embrassé d'autres garçons que Léo. Les jumelles n'avaient vraiment pas besoin de se voir assener d'autres mauvaises nouvelles, mais comment faire autrement ? Il fallait qu'elles sachent ce qui se passait.

— Salut, les filles ! dit Phoebe en entrant dans la pièce avec un air faussement joyeux.

Le visage de Piper II était rouge de colère et celui de Piper I toujours aussi pâle.

— Qu'est-ce qu'il y a ? demanda Piper I d'un air angoissé en voyant la mine de Phoebe.

Comme toujours, Piper I avait lu en elle comme dans un livre. Inutile, donc, de continuer à afficher un masque de gaieté.

— Comment ça, qu'est-ce qu'il y a ? demanda Piper II en leur tournant le dos, les bras croisés.

Cela rappela à Phoebe l'époque où Piper boudait ainsi, quand les choses n'allaient pas comme elle le désirait. Vers l'âge de sept ans, elle était passée par une phase égoïste qui n'avait heureusement pas duré et n'était jamais revenue.

— Paige propose une nouvelle théorie… au sujet de vous deux… commença Phoebe sur un ton qu'elle voulut réconfortant. Elle pense… nous pensons qu'il est possible que tu ne te sois pas dédoublée, Piper.

Troublées, les deux Piper échangèrent un regard interrogateur. De là où elles se trouvaient, il semblait évident qu'elles étaient deux.

— Alors d'où est-ce qu'elle vient, *elle* ? demanda Piper I en jetant un regard noir à Piper II.

— Nous pensons que tu t'es, en fait, coupée en deux, expliqua Paige.

— Quelle horreur ! C'est répugnant, Paige ! lança Piper II en faisant la grimace.

— Écoute-la jusqu'au bout, dit Phoebe en s'asseyant sur la table basse. C'est parfaitement logique.

Paige expliqua de nouveau sa théorie, comme elle

venait de le faire avec Phoebe dans le grenier, en utilisant sa jupe déchirée comme référence. Elle décrivit avec un maximum de tact les différences que Phoebe et elle avaient pu remarquer entre les deux Piper en s'efforçant de n'en vexer aucune. Quand Paige eut terminé son explication, les deux Piper s'étaient avachies sur le canapé, plus blêmes que jamais.

— Ça va aller ? demanda Phoebe.

— Sûrement, oui ! Vous venez juste de nous annoncer que nous allions bientôt mourir, mais à part ça tout va bien ! dit Piper II avec sarcasme.

— Mais qu'allons-nous faire sans Léo ? demanda Piper I, sans aucune énergie.

— Oh, oui, bien sûr ! Nous ne sommes que de faibles femmes ! Nous ne sommes pas capables de nous en sortir sans lui ! explosa Piper II ! C'est ça ! Courons voir Léo !

— Malheureusement, c'est impossible ! rétorqua Piper I en se redressant. Peut-être que si tu avais été là pour nous aider cet après-midi, il serait parmi nous et nous ne serions pas dans ce pétrin !

— Encore ! Tu te répètes ! hurla Piper II. Tu sais…

— Bon, les Piper ! Je ne pense pas que vos chamailleries nous aideront à résoudre nos problèmes, dit Paige avec un brin de diplomatie.

Mais les deux Piper étaient trop occupées à se disputer et ne l'entendirent pas. Phoebe fit un signe à Paige et les deux sœurs sortirent de la pièce sans qu'aucune des Piper ne s'en rende compte.

— Je n'en reviens pas que tu aies pu embrasser ce crétin ! criait Piper I. Il est tellement imbu de lui-même…

— Ah ! En fait, tu n'es pas furieuse que j'aie

trompé Léo ! Tu m'en veux seulement de l'avoir fait avec ce type-là !

— Ce n'est pas vrai !

Paige et Phoebe s'étaient réfugiées dans la cuisine, un véritable havre de paix si on la comparait au salon.

— Bon, qu'est-ce qu'on va faire ? chuchota Paige.

— Je n'en ai pas la moindre idée, mais si nous ne réagissons pas au plus vite nous n'aurons pas besoin d'attendre qu'elles s'affaiblissent, dit Phoebe. Elles vont finir par s'entretuer avant.

— J'ai entendu parler de dédoublement de personnalité, mais ça c'est le bouquet ! soupira Paige. Ne se rendent-elles pas compte que nous serions bien plus fortes si elles voulaient bien conjuguer leurs efforts ?

Les yeux de Phoebe s'étaient posés sur le pot contenant la potion d'anéantissement de Malagon que Paige avait fabriquée un peu plus tôt. Tout à coup, elle eut une inspiration.

Nous serions bien plus fortes si elles voulaient bien conjuguer leurs efforts... se répéta-t-elle.

— Une minute ! dit Phoebe, avec un regain d'espoir.

C'était une sensation tellement agréable après les affres de ces dernières heures...

— Et si nous essayons encore une fois, mais avec les deux Piper ? continua-t-elle.

— Si nous essayons quoi ?

— D'anéantir Malagon, dit Phoebe en se redressant. Réfléchis. Si chaque Piper est une demi-Piper, et que nous récitons l'incantation toutes les quatre, nous devrions obtenir un Pouvoir des Trois complet... Alors le sortilège réussira peut-être.

— Ça vaut toujours le coup d'essayer, fit remarquer

Paige. Mais ne devrions-nous pas d'abord essayer de recomposer Piper ?

— Ce serait super, mais cela nous obligerait à réécrire un nouveau sortilège et ça risque de prendre du temps. Il ne nous reste plus que quelques heures pour sauver Léo et je pense que nous devrions commencer par là.

— Et si les Piper continuent à faiblir ?

La dispute dans le salon ne se calmait toujours pas.

— À les entendre, elles ont encore assez de force pour l'instant, conclut Phoebe.

— Tu as raison. C'est sans doute l'adrénaline qui leur donne cette énergie !

Paige se dirigea vers le placard et en tira quatre petites fioles qu'elle remplit avec l'épais liquide noir. Elle en tendit une à Phoebe et les deux sœurs revinrent dans le salon, prêtes à agir pour mettre fin à cette folle journée. En arrivant sur le pas de la porte, elles furent arrêtées dans leur élan.

Piper I était assise toute seule sur le canapé, fulminant en silence.

— Où est Piper II ? demanda Paige.

— Je n'en sais rien et je m'en fiche complètement ! dit Piper I d'un ton obstiné.

Phoebe jeta un coup d'œil à Paige. Toute leur détermination retomba comme un soufflé.

Et zut ! Pas de chance !

— Piper ! s'écria Douglas, les yeux comme des soucoupes en la découvrant devant la porte de son appartement. Qu'est-ce que tu fais ici ?

— Si tu préfères que je parte… dit-elle en passant devant lui pour entrer dans son immense loft.

Elle retira sa veste et la jeta sur le fauteuil le plus

proche, puis elle secoua ses cheveux et se tourna vers lui. Douglas portait un pull noir moulant et un jean particulièrement près du corps. Piper le trouva terriblement sexy. C'était le genre de tenue que Léo ne porterait jamais. Il n'y songerait même pas.

— Bien sûr que non, voyons ! répondit Douglas avec un sourire charmeur.

Il ramassa une télécommande et la pointa vers le mur, baissant le son du morceau de jazz hypersensuel qu'il écoutait. Je suis content de voir que tu te sens mieux.

— Je pense que j'avais simplement besoin d'un peu de repos.

En fait, Piper II se sentait encore lasse et n'était pas sûre d'avoir été très prudente de prendre le volant pour venir jusque-là. En traversant la ville, tout avait semblé assez flou et elle s'était trompée de chemin à plusieurs reprises. Mais elle avait fini par arriver à destination saine et sauve. Elle savait que ses sœurs s'inquiéteraient à son sujet, mais pour l'instant, cela lui était parfaitement égal. Se retrouver dans un bel appartement avec un homme aussi séduisant que Douglas était bien meilleur pour sa santé que de rester dans ce Manoir empli de tensions malsaines.

Elle ne supportait plus les remontrances de Piper I ni sa manière de la culpabiliser. Piper I ne voulait-elle donc jamais s'amuser ? N'en avait-elle pas assez de jouer la nana super-raisonnable ? Si la théorie de Paige était exacte, il ne lui restait peut-être que peu de temps à vivre. Elle ne voulait pas le passer dans ce Manoir poussiéreux à se sentir inquiète et malheureuse.

De ça, elle en avait par-dessus la tête !

— Tu veux boire quelque chose ? offrit Douglas.

Il se dirigea vers un bar en chêne rutilant et se versa

un scotch. Puis il lui tourna le dos pour piqueter un bloc de glace et en faire des glaçons.

— Oui, pourquoi pas.

Le coude appuyé sur le dossier du canapé, elle jouait avec une mèche de cheveux.

— Bonne idée, dit Douglas en se tournant vers elle. Prends un dernier verre avant de mourir.

À ces mots, Piper II se leva, complètement paniquée. Elle ressentit aussitôt un vertige et porta les mains à ses tempes, essayant de retrouver ses esprits.

Quand elle leva les yeux vers lui, elle vit son visage complètement distordu, recouvert de milliers de petites rides et de pustules. Ses yeux étaient devenus noirs. Il jouait avec le pic à glace, le passant d'une main à l'autre en traversant la pièce pour se diriger vers elle.

— Mais… Mais qui es-tu ? demanda-t-elle en reculant derrière le canapé.

Son cœur battait à tout rompre et elle crut s'évanouir de nouveau. Toutes ces émotions n'allaient pas améliorer son état.

— Un simple petit sorcier très ordinaire, répondit Douglas en se léchant les babines. Toi, cependant, tu es une Charmed. Pas une sorcière ordinaire du tout.

— Comment as-tu…

— J'ai surpris ton geste quand tu as figé l'accident de ce matin, expliqua-t-il en suivant Piper qui reculait autour de la pièce pour atteindre la porte. Un sacré petit pouvoir, je dois dire ! Mais jusqu'à ce que je voie tes sœurs et ton double, je n'imaginais pas que tu étais une Charmed. Quand j'aurai pris ce que tu as à m'offrir, je serai le héros du Monde Inférieur.

Douglas plongea vers elle et Piper leva instinctivement les bras pour le figer. Elle réussit, mais seulement une fraction de seconde. Poussant un cri, elle s'écarta de sa trajectoire, l'évita, mais l'instant d'après, Douglas était au-dessus d'elle. Il la plaquait au sol tandis qu'elle se débattait vainement.

Il laissa échapper un rire moqueur en brandissant le pic à glace au-dessus de sa tête, mais elle parvint à saisir son bras de toutes ses forces et à le repousser.

De la force, malheureusement, elle n'en avait plus beaucoup. Elle se sentait faible, épuisée et avait le vertige. Tandis que le pic approchait lentement de son visage, elle sentit les larmes couler le long de ses joues. C'était fini. C'était ainsi qu'elle allait mourir.

Mais pourquoi est-ce que j'ai quitté la maison ? pensa-t-elle en regrettant de ne pas avoir écouté son double. Des images de Phoebe, Paige et Léo défilèrent devant elle. Pour la première fois depuis quelques jours, elle se rappela combien ils étaient tous chers à son cœur. Comment tout cela avait-il pu prendre si peu d'importance à ses yeux ces derniers jours ?

Que va-t-il arriver à Phoebe et à Paige ? Et à Léo ? Pourquoi n'ai-je pas pensé à tout cela avant de commettre cette bêtise ?

On dit toujours qu'on ne prend conscience de la portée de ses actes que lorsqu'on se retrouve face à la mort.

— Meurs ! cria Douglas en abattant le pic à glace sur elle.

Piper ferma les yeux, incapable de lutter davantage, se disant que sa fin serait douloureuse mais rapide.

Soudain quelque chose frappa brutalement Douglas, déviant le coup.

— Mais que… grommela-t-il.

Piper ouvrit un œil, pratiquement certaine de voir Paige, Phoebe et Piper I, venues à son secours. Au lieu de cela, elle découvrit un homme en lourd manteau noir et à la mine patibulaire qui la dominait, une arbalète pointée vers Douglas.

— Elle appartient à mon Maître ! gronda l'homme.

Un Etre des Ténèbres, songea Piper. *Pourquoi me sauve-t-il ?*

Puis, comme une déferlante, tout lui revint en mémoire. Ils gardaient Léo en otage, afin que ses sœurs et elle abandonnent leurs pouvoirs. Cette vile créature n'était pas là pour la sauver, mais pour la kidnapper.

— Sûrement pas ! rétorqua Douglas en se relevant.

Douglas se jeta sur l'Etre des Ténèbres, mais Piper ne s'attarda pas pour voir l'issue de la lutte. Combattant son malaise, elle se leva et se précipita vers la porte. Son pouls battait contre ses tempes et elle entendait des bruits de bagarre derrière elle. Elle se concentra sur la poignée de la porte. Elle n'était plus qu'à deux mètres… un…

— Ouille ! cria Piper.

On l'avait attrapée par les cheveux pour la tirer en arrière. La douleur fit de nouveau monter des larmes à ses yeux tandis qu'elle se sentit pressée contre le corps de l'Etre des Ténèbres.

— Et où crois-tu courir comme ça ? siffla-t-il entre ses dents.

Il sentait l'oignon, la sueur et quelque chose d'âcre, comme de la cendre. Piper se débattit, mais en vain. Il ne restait plus aucune force dans son pauvre corps affaibli et l'Etre des Ténèbres était bien trop puissant.

— Que me veux-tu ? le défia Piper.

— Ce n'est pas ce que je veux qui compte, dit-il. C'est ce que veut Malagon.

Puis un nuage de fumée noire les entoura et le corps de Douglas mort disparut de sa vue.

— Où a-t-elle bien pu aller ? demanda Phoebe de plus en plus paniquée.

Elle arpentait le salon, puis s'interrompit pour écarter les rideaux comme si Piper II était simplement assise dehors, sur le trottoir.

— Qu'est-ce que ça peut faire ? demanda Piper I d'une voix faible. D'après ce que vous dites, nous sommes de toute façon condamnées.

— Pas obligatoirement, dit Paige en venant s'asseoir à côté de Piper.

Elle referma son téléphone n'ayant, une fois de plus, pas pu obtenir sa communication.

— Nous avons un nouveau plan pour sauver Léo. Mais nous avons besoin de Piper II pour réussir, ajouta-t-elle en soupirant de frustration.

Cela attira l'attention de Piper. Elle se redressa.

— Un nouveau plan ? Lequel ?

— Nous pensons que si nous récitons l'incantation du sortilège ensemble, toutes les quatre, cela pourrait réussir, expliqua Paige en tirant les fioles de potion de sa poche. Si chacune de vous est techniquement une demi-Piper, en travaillant ensemble toutes les deux, vous devriez valoir une sorcière entière.

— Et donc, à quatre, nous formerions le Pouvoir des Trois, ajouta Phoebe en se tournant vers Piper I. Mais il faut que nous la retrouvions, et vite !

Piper fit un effort pour se redresser. Si seulement elle pouvait localiser Piper II comme Paige et Léo pouvaient le faire !

Une minute…

— Paige ? Peux-tu la ressentir ? demanda Piper.

— J'ai déjà essayé, mais je pense que son signal est trop faible. Je n'ai rien pu obtenir.

— Où a-t-elle bien pu aller ? demanda Paige en prenant les mains de Piper dans les siennes.

Piper prit une longue inspiration et repensa à tout ce que lui avait dit Piper II. Chaque fois que la fille ouvrait la bouche, elle lui rappelait la petite voix rebelle qui la harcelait, mais qu'elle avait toujours ignorée, la voix qui lui disait de laisser tomber le travail, d'acheter des choses au-dessus de ses moyens, de vivre un peu plus intensément. Par chance, le côté responsable de Piper avait toujours été bien plus fort. Mais aujourd'hui, c'était comme si cette rébellion se promenait dans la nature librement.

— Elle est peut-être chez Douglas, suggéra Piper. Je parie que c'est ça !

— Génial ! Mais oui, Douglas ! Quel est son nom de famille ? demanda Paige en attrapant son téléphone.

— Brittany, je crois, répondit Piper en essayant de se souvenir de leur première rencontre. Oui, c'est ça, Brittany !

Tandis que Paige interrogeait le service des renseignements, Piper sentait une petite étincelle d'espoir s'allumer en elle. Le plan de ses sœurs allait peut-être réussir.

Dans une heure, ils pouvaient tous être rassemblés ici, à rire des événements de ces derniers jours. Elle pouvait pratiquement sentir la main de Léo dans la sienne…

— Attention, j'ai l'impression que quelqu'un vient ! annonça Paige.

À cet instant, un Etre des Ténèbres apparut derrière elle et passa un bras autour de sa gorge, une arme luisante à la main. Elle laissa tomber son téléphone.

— Oh, non ! Paige ! cria Piper.

Piper et Phoebe bondirent vers elle, mais c'était

sans espoir. Quatre autres Etres des Ténèbres surgirent dans le salon et encerclèrent les Charmed, les armes à la main.

Piper croisa le regard de Shrev, l'Etre des Ténèbres qui avait déjà menacé la vie de Léo. Quand il lui sourit d'un air triomphant, tout espoir en elle s'évanouit.

— Malagon en a assez d'attendre ! dit-il. Il est temps d'y aller.

CHAPITRE 13

En quelques instants, Piper I se retrouva dans l'antre de Malagon, les mains retenues en arrière par un Etre des Ténèbres imposant, à la peau couleur de charbon. Elle se débattait en vain. Chaque fois qu'elle faisait un mouvement, il grognait à son oreille et lui serrait les bras davantage, si fort que les tendons de ses épaules étaient sur le point de se déchirer. À côté de Piper I, ses sœurs Paige et Phoebe étaient retenues de la même manière et grimaçaient de douleur.

Les Etres des Ténèbres traînèrent leurs prisonnières un peu plus loin dans la pièce et les alignèrent afin qu'elles fassent à la fois face à la cage de Léo et à l'escadron d'Etres des Ténèbres. Parfaitement alignés, les pieds écartés et les mains derrière le dos, ils ressemblaient plus que jamais à une armée. Leurs vêtements étaient en loques, leurs visages maculés de boue, mais ils semblaient prêts au combat.

Piper tourna les yeux vers Léo et lut la résignation dans son regard. Il leur était impossible de gagner.

— Ah voilà ! Mes invités sont arrivés ! gronda la voix de Malagon.

Il apparut derrière ses troupes. En approchant de la cage de Léo, sa bouche se déforma en un horrible rictus.

— Veuillez excuser la manière dont vous avez été amenées ici, mais je ne pouvais attendre plus longtemps, dit-il en se postant devant les sœurs et leurs ravisseurs. L'heure est venue, les Charmed, ajouta-t-il avec un petit rire sadique. Remettez-moi vos pouvoirs ou restez parmi nous pour voir périr votre Etre de Lumière bien-aimé.

Piper se sentit défaillir. Il lui fallait faire appel à toutes les forces qui restaient dans son corps affaibli pour s'empêcher de pleurer.

— Et je peux vous assurer qu'il y a pas mal de candidats pour exécuter la sentence, ajouta Malagon.

Il regarda ses hommes tour à tour, comme pour choisir celui à qui il accorderait l'infime honneur d'assassiner son mari. Tous les Etres des Ténèbres se redressèrent, rivalisant sans doute d'efforts pour impressionner leur chef.

— Bon, je crois savoir que vous connaissez un sortilège vous permettant de renoncer à vos pouvoirs, dit joyeusement Malagon en se tournant de nouveau vers elles.

Il leva la main et fit signe à un jeune Etre des Ténèbres qui se tenait un peu en retrait, sous la voûte. Il approcha et tendit à Malagon un coffret de bois épais fermé d'une serrure en fer forgé de facture assez grossière. En l'ouvrant, il révéla un écrin de velours noir.

— Vous prononcez les paroles magiques et la boîte va piéger vos pouvoirs. Allez, commencez à réciter !

— La ferme ! Vous pouvez toujours rêver ! siffla Paige.

Les yeux de Malagon s'assombrirent aussitôt et il se planta devant elle, furieux.

— Je crois que c'est vous, plus que toute autre, qui

devriez la fermer ! hurla-t-il avec un air féroce. À moins, bien sûr, que vous ne vouliez réciter le sortilège en premier, ajouta-t-il d'une voix affreusement mielleuse.

— Et si nous le faisons… Si nous récitons le sortilège… nous laisserez-vous tous partir ? Avec Léo ? demanda Piper.

— Non, Piper ! N'y songe même pas ! cria Léo.

— C'est en effet ce qui est convenu ! répondit Malagon en revenant vers elle avec la boîte. Est-ce *vous* qui désirez commencer ?

Piper considéra pensivement l'écrin de velours, se demandant si cela avait vraiment une importance. Piper II n'était pas là. Ses sœurs et elle ne pouvaient donc pas combattre Malagon et son armée. Et puis, plus le temps passait, plus elle se sentait faiblir, plus elle sentait sa fin rôder. Elle allait mourir, mourir à cause d'un vœu stupide. Le moins qu'elle pouvait faire, c'était de sauver ses sœurs et Léo avant de disparaître.

Piper ouvrit la bouche pour prononcer l'incantation, celle qu'elle avait mémorisée des années plus tôt quand elle n'était pas encore certaine de vouloir être une sorcière.

Léo lui cria d'arrêter. Phoebe hurla son nom.

Puis quelque chose arriva, quelque chose qui lui cloua le bec.

Un autre Etre des Ténèbres apparut dans la pièce dans un nuage de fumée, tenant Piper II par les cheveux, l'air triomphant.

— Je l'ai eue ! J'ai l'aînée ! cria-t-il.

Le silence enveloppa la salle. Tous les Etres des Ténèbres se tournèrent vers les deux Piper. Celui qui avait amené Piper II resta bouche bée et Malagon devint livide.

— Il y en a quatre ?

Soudain, les jambes de Piper I se dérobèrent sous elle et elle commença à tomber. L'un des Etres des Ténèbres l'en empêcha en la rattrapant par les bras. Pendant ce temps, Piper II se débattait contre son ravisseur.

— Piper ? cria Léo, profondément troublé.

Piper I sentit son cœur se déchirer en entendant sa voix.

— Tout va bien, Léo ! s'écria Piper II. Je suis prête à y mettre tout mon cœur.

Piper I sentit une douce chaleur la submerger. Elle regarda son double et comprit. Piper II était prête à faire le vœu d'inversion.

Mais comment ? Elles n'avaient pas…

Le grigri, pensa Piper I.

Soudain, celui qu'elle avait fourré dans sa poche un peu plus tôt sembla provoquer un trou dans sa cuisse.

— Paige ? Un coup de main ? dit Piper I.

Pourvu que Paige comprenne le message ! Elle avait besoin d'une diversion.

Paige hocha vigoureusement la tête avant de se téléporter ailleurs, puis elle réapparut derrière l'Etre des Ténèbres qui retenait Piper II. Avant que quelqu'un puisse réagir, elle tira son épée du fourreau qu'il portait dans son dos et l'assomma. Piper II se laissa tomber en avant et, sautant sur ses pieds, se précipita vers Piper I.

— Arrêtez-les ! cria Malagon. Arrêtez-les !

Paige se téléporta de nouveau pendant que le ravisseur de Phoebe commettait l'erreur de la lâcher pour courir après Piper II. Phoebe réussit à s'en débarrasser d'un joli coup de pied avant de s'élancer au-dessus de l'Etre des Ténèbres qui retenait Piper I pour l'assommer, lui aussi, d'un autre coup de pied à la tête plutôt violent.

— Merci, dit Piper I en se précipitant vers sa jumelle avec le peu d'énergie qui lui restait.

— Qu'est-ce qu'on fait ? demanda Phoebe alors que les Etres des Ténèbres avançaient vers elles.

— Donne-moi juste une seconde ! cria Piper I.

Elle rejoignit Piper II juste en face de la cage de Léo tandis que Phoebe faisait de son mieux pour repousser les agresseurs.

— Prête ? demanda Piper I en plongeant son regard dans les yeux de son double.

— Prête, répondit fermement Piper II. Je veux que les choses redeviennent comme avant. Je veux de nouveau me sentir responsable.

Piper retira le grigri de sa poche et tapa sa main contre celle de Piper II, l'amulette entre leurs paumes.

— Je souhaite n'être qu'une comme moi ! crièrent-elles ensemble.

Puis Piper se retrouva toute seule. Pas d'explosion. Pas de fanfare. Tout comme lorsqu'elle avait fait le premier vœu. Rien de particulier n'était arrivé. Rien, sauf qu'elle se sentait de nouveau entière.

Et superpuissante !

Les malaises étaient passés, remplacés par une plénitude, une chaleur vivante qui remplissait d'énergie chaque cellule de son corps.

— Piper ! crièrent Paige et Phoebe en même temps.

Toutes deux avaient été reprises, mais les Etres des Ténèbres qui retenaient Piper s'étaient arrêtés, étonnés que l'une d'elles ait simplement disparu.

Piper se leva, repoussa ses cheveux en arrière et sourit. Elle était de nouveau entière. Il n'y avait plus qu'une seule Piper Halliwell et elle était d'humeur à éliminer quelques Etres des Ténèbres.

— Vous m'avez appelée ? dit-elle en regardant ses sœurs.

Avant que quiconque puisse réagir, Piper avait levé les mains et envoyé les cinq premiers Etres des Ténèbres ad patres. Les autres se précipitèrent sur leurs armes.

Puis Piper se tourna vers Paige.

— Téléporte-toi vite, Paige ! cria-t-elle.

Paige obtempéra et disparut des bras de l'Etre des Ténèbres dans un tourbillon de lumière, réapparaissant à côté de Piper. Elles s'accroupirent toutes les deux quand une flèche siffla juste au-dessus de leurs têtes.

— Tu as la potion ? demanda Piper en tendant la main.

Paige sourit et glissa dans la main de sa sœur une fiole qu'elle venait de tirer de sa poche.

— C'est sympa de te retrouver en un seul morceau, sœurette ! dit-elle.

Phoebe poussa un cri et Piper leva la tête pour voir sa sœur en train de faire un sort à deux des Etres des Ténèbres. Pour l'instant, elle semblait avoir le dessus. Mais Malagon s'approchait de Phoebe par l'arrière. L'air particulièrement mécontent, il préparait une boule d'énergie. Un groupe d'Etres des Ténèbres se rassemblait autour de Paige et de Piper, les armes à la main tandis que d'autres ouvraient la cage de Léo, certainement pour s'approcher suffisamment de lui pour le tuer.

— Bon, ça suffit, tout ça ! dit Piper.

Elle leva les mains et figea la pièce entière. Cette fois-ci, son pouvoir fonctionna et tous leurs ennemis furent immobilisés en pleine action. Léo aussi !

— Phoebe ! Tu as ta potion ? demanda Piper.

Phoebe s'élança vers ses sœurs en leur montrant la petite fiole.

— Génial ! On va réciter l'incantation et ensuite on se téléportera d'ici au plus vite. D'accord ? demanda Piper, ravie de récupérer enfin son sens de l'initiative et un esprit clair.

Paige et Phoebe acquiescèrent toutes deux en se souriant, heureuses d'avoir retrouvé une Piper en parfait état de fonctionnement.

— Attendez ! Juste le temps que je récupère mon mari, leur dit Piper.

Elle se dirigea vers la cage ouverte et défigea Léo.

— Oh, Piper ! souffla-t-il en la voyant.

Puis il l'attira à lui de son bras valide et l'embrassa passionnément. Piper en aurait hurlé de joie. Elle avait retrouvé son Léo. Tout allait s'arranger, maintenant.

— Que s'est-il passé ? demanda-t-il en s'écartant.

Piper ne savait pas comment lui expliquer tout cela. Piper I et Piper II, leurs malaises, le besoin qu'elle avait eu de ne former plus qu'une afin de sauver Léo, de sauver ses sœurs, de sauver les Charmed.

— Je t'expliquerai tout cela plus tard, lui dit-elle. Pour l'instant, nous avons un démon à anéantir.

Main dans la main, Léo et elle retournèrent auprès de Phoebe et de Paige. Ensemble, elles jetèrent la potion aux pieds de Malagon. Il se réanima aussitôt, regardant avec surprise les flammes qui entouraient ses pieds.

— Ça ne marchera pas, sorcières ! hurla-t-il. Vous n'avez donc toujours pas compris ?

— Oh, que si ! rétorqua Piper.

Et ensemble, les trois sœurs récitèrent encore une fois les paroles du sortilège :

Par le sang et par les cendres
Toi qui du passé maudit as surgi
Par le Pouvoir des Trois sois banni
Quitte ce royaume, disparais à jamais !

Malagon hurla quand le feu grandit et s'empara de lui. Juste sous leurs yeux, il se réduisit en grésillant pour ne laisser qu'un squelette noirci qui s'effrita en une pile de cendres qui se mélangèrent à la poussière du sol de la caverne.

— Ce n'était pas très ragoûtant, dit Paige en fronçant le nez.

— Sortons d'ici avant que les Etres des Ténèbres ne se défigent, suggéra Phoebe.

— Je suis tout à fait d'accord, leur dit Léo en passant son bras valide autour des épaules de Piper.

Elle n'avait jamais ressenti un tel sentiment de sécurité. Il lui fallait les bras de Léo.

— Viens, lui dit-elle en lui caressant le dos. Rentrons à la maison !

— C'était tellement cool, cria Paige par-dessus la musique techno qui martelait ses rythmes plus fort que jamais au *P3*. Surtout quand vous vous êtes tapé dans la main, toutes les deux, les yeux brillants de détermination… C'était fabuleux !

Piper éclata de rire. Leur combat contre les Etres des Ténèbres remontait à plus d'une semaine maintenant, et Paige n'avait cessé d'en parler. Elle semblait penser que Piper avait agi comme une super-héroïne en reprenant la situation en main au dernier moment, surmontant toutes les difficultés. Piper, d'ailleurs, devait admettre qu'elle-même trouvait sa réaction des plus géniales. Après tout, c'était elle qui avait permis leur victoire.

— Eh bien, je suis d'accord avec vous ! renchérit Léo en prenant sur le bar la plaque du Prix de la meilleure femme d'affaires de l'année pour la montrer à tous. Je suis tellement fier de toi, dit-il en souriant à Piper avant de poser un baiser sur ses lèvres tendues.

— Moi aussi, ajouta Phoebe en enlaçant sa sœur.

Ils revenaient de la cérémonie qui s'était déroulée dans les salons du plus bel hôtel de la ville. Piper avait prononcé un bref discours après avoir reçu le prix, puis posé pour quelques photos avec le rédacteur en chef du magazine et d'anciennes gagnantes des années passées. Elle s'étonnait de faire partie de ce groupe de femmes extraordinaires dont elle venait de faire la connaissance au cours de la soirée.

— Moi aussi, je suis fière de moi, dit Piper en regardant autour d'elle.

Le *P3* était littéralement bondé pour le défilé de mode de Rinaldo et l'impatience du public presque palpable. Ils avaient dû fermer les portes une demi-heure plus tôt quand la salle avait affiché complet et les videurs avaient un mal fou à renvoyer les clients déçus. *Pourvu qu'il y ait assez de bouteilles d'Evian et que personne ne glisse sur le revêtement brillant du sol !* pensa-t-elle.

— Piper II s'est vraiment bien débrouillée pour organiser tout cela, fit remarquer Paige en observant les nouvelles rampes de lumières qui descendaient du plafond.

— Hé ! C'est moi qui ai fait ça ! protesta Piper en secouant le bras de sa sœur. Après tout, elle était moi ! Je suis elle !

Léo, Paige et Phoebe la considérèrent tous d'un air

dubitatif, incapables de comprendre le concept. Piper éclata de rire. Elle-même avait du mal à comprendre, mais elle avait l'impression d'avoir été présente à deux endroits à la fois pendant deux jours. Elle se souvenait de tout ce qui s'était passé au Manoir : les peintres, les gâteaux, l'émission à la télé… Mais elle se rappelait aussi son rendez-vous avec Gina, le dîner en compagnie de Douglas, sa folle nuit au *Bulles*. Elle se souvenait même de sa conversation téléphonique avec elle-même aux deux bouts de la ligne. Rien que d'y penser, elle avait la migraine !

— Je ne comprends toujours pas, dit Paige en s'installant sur un tabouret du bar. La Piper que je connais n'aurait jamais fait les trucs qu'a faits Piper II.

— Oui, c'était bizarre. Mais c'était amusant de se lâcher un peu, dit Piper en haussant les épaules. Je pense que je devrais le faire plus souvent.

— Tout à fait d'accord, dit Phoebe en hochant la tête.

— Mais pas trop souvent, n'est-ce pas ? intervint Léo.

Il ne s'était pas encore complètement remis du fait que Piper avait embrassé un autre homme. Il voulait bien accepter son irresponsabilité temporaire, mais cela l'avait tout de même rendu un peu nerveux !

— Non, pas trop souvent ! le rassura Piper en se mettant sur la pointe des pieds pour l'embrasser. Fais-moi confiance. Je sais ce qui est important.

Léo la prit par la taille, l'attira à lui et lui dédia un sourire plein de promesses. Piper sut alors qu'il lui avait pardonné. Elle avait le mari le plus compréhensif de la terre. Heureusement qu'elle avait eu assez de bon sens pour épouser un être surnaturel.

— Bonsoir tout le monde et bienvenue à tous !

Susan apparut sur la scène et la musique, baissée d'un ton, était un peu moins assourdissante. Les applaudissements des spectateurs prirent le relais et Piper sentit une vive excitation la submerger.

— Je vous remercie tous d'être venus à la présentation de la nouvelle collection de printemps de Rinaldo !

Une autre salve d'applaudissements.

— Il y a cependant quelque chose que je dois faire, dit Piper à Léo. Mais je te promets que ce ne sera pas si grave que ça.

Léo se rembrunit quelque peu.

— Quoi ? Qu'est-ce que c'est ?

— Tu vas voir, dit-elle en s'éloignant de lui.

Elle fit un petit signe de la main à ses sœurs qui la suivirent d'un regard surpris, jusqu'à ce qu'elle disparaisse dans la foule.

Piper se précipita dans les coulisses, le cœur battant, et faillit se prendre les pieds dans un portant de vêtements où les tenues étaient rangées par genre, soigneusement étiquetées avec les noms des mannequins qui devaient les présenter.

— Mais où étais-tu fourrée ? hurla Rinaldo à l'instant où il l'aperçut. Vite ! Il faut la maquiller ! La coiffer ! ordonna-t-il aux gens qui s'affairaient devant la rangée de miroirs illuminés. Allez ! Habillez-la ! Je me demande bien pourquoi je vous paie !

En quelques secondes, Piper fut débarrassée de son tailleur de meilleure femme d'affaires de l'année et installée sur un tabouret en fine combinaison blanche. Deux maquilleuses attaquèrent son visage de chaque côté avec de gros pinceaux et des éponges tandis qu'un grand type avec une barbichette tirait sur ses cheveux.

Mais qu'est-ce que je suis en train de faire là ? se

demanda Piper en regardant son visage se transformer peu à peu. Ses pommettes devinrent plus proéminentes, ses yeux s'agrandirent légèrement, ses lèvres prirent une moue pulpeuse. Une fois que les as du maquillage eurent achevé leur travail, elle ressemblait en effet à un véritable mannequin.

Piper ne put s'empêcher de sourire à son reflet dans le miroir. Que faisait-elle ? Elle jouait à se déguiser. Et elle prenait un risque. Si elle avait appris quelque chose au cours de la semaine passée, c'était que prendre des risques pouvait être à la fois amusant et stimulant. Dans la mesure où on se montrait raisonnable, bien sûr…

Marsha aida Piper à enfiler sa tenue et lui tendit les escarpins à hauts talons pour qu'elle les chausse.

— Ça va être à toi, lui dit Susan en entrant dans le vestiaire. Allez ! File !

Piper n'avait jamais senti son pouls s'emballer ainsi, pas même devant tous les démons qu'elle avait eu à affronter durant toutes ces années. Les sorciers malveillants et les pires ennemis n'étaient rien comparés à un défilé de mode devant un public exigeant. Piper avança jusqu'au rideau et jeta un coup d'œil sur la foule.

— Bon, jamais je ne pourrai faire ça ! dit-elle, la gorge serrée.

— Piper ! Tu es subliiiiime ! hurla Rinaldo en venant à sa rencontre, les bras tendus.

Piper retint son souffle pendant qu'il embrassait l'air à côté de ses joues. Il la prit par les épaules et la regarda droit dans les yeux :

— Bon, maintenant tu files avant qu'il y ait une

interruption dans le programme, lui dit-il. Sinon je serai forcé de te retirer cinquante pour cent des bénéfices.

— Alors j'y vais ! répondit Piper d'un ton décidé.

Susan saisit son micro et lança un clin d'œil à Piper.

— Mesdames et messieurs, je vous prie de bien vouloir applaudir l'hôtesse de cette soirée, la propriétaire et directrice du *P3*, Piper Halliwell !

Piper réussit à se lancer malgré ses genoux tremblants. Elle atteignit même le centre du podium sans trébucher. Les projecteurs l'aveuglaient et elle s'efforça de ne pas cligner des yeux en longeant la coursive de défilé. Les spectateurs l'acclamèrent dès qu'elle passa devant eux. Plus elle avançait, plus elle avait l'impression que cela devenait plus facile. Elle pouvait y parvenir. Elle y parvenait !

Piper Halliwell, super-mannequin !

À la fin du trajet, elle s'arrêta, prit plusieurs poses et regarda en direction de ses sœurs qui exultaient. Phoebe tapait dans ses mains au-dessus de sa tête et Paige criait à pleins poumons. Elle surprit le regard admiratif de Léo qui la couvait des yeux.

— *Je t'aime*, articula-t-il en silence.

Piper se sentit envahie par une vague de chaleur, plus heureuse et fière que jamais. Elle lança un clin d'œil aguicheur à Léo, prit une autre pose avant de lui envoyer un baiser. La foule s'exalta encore plus et un tonnerre d'applaudissements accompagna Piper jusqu'au bout du podium.

C'était terminé. Elle l'avait fait. Elle était arrivée à organiser le défilé de mode, à décrocher le Prix de la femme d'affaires de l'année et à mener à bien l'opération des Enfants Etoiles. Elle avait sauvé son mari, anéanti un puissant démon et détruit une belle quantité d'Etres des Ténèbres en passant. Et maintenant, elle allait même conquérir le monde de la mode. Enfin presque…

Piper marqua une pause avant de quitter la scène, se retourna et salua la foule avec un sourire triomphant.

Comme c'était bon d'être Piper Halliwell !

Achevé d'imprimer sur les presses de

BUSSIÈRE

GROUPE CPI

à Saint-Amand-Montrond (Cher)
en juillet 2005

FLEUVE NOIR
12, avenue d'Italie
75627 Paris Cedex 13
Tél. : 01-44-16-05-00

— N° d'imp. : 51873. —
Dépôt légal : août 2005.

Imprimé en France